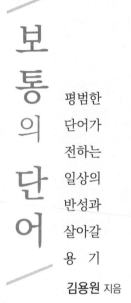

보통의 단어

평범한
단어가
전하는
일상의
반성과
살아갈
용 기

김용원 지음

도서
출판 **THE TERRACE**

보통의 단어

초판 1쇄 인쇄 2019년 05월 20일

지은이 김용원
펴낸이 백유창
펴낸곳 도서출판 더테라스

신고번호 제2016-000191호
주 소 서울 마포구 양화로16길 2층
Tel. 070-8862-5683
Fax. 02-6442-0423
seumbium@naver.com

ISBN 979-11-958438-2-4

값 12,500원

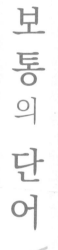

보통의 단어

평범한
단어가
전하는
일상의
반성과
살아갈
용 기

김용원 지음

우리가 일상에 사용하는 무수히 많은 말들과 단어를 생각해 보게 됩니다. 생각 없이 지나치는 한 문장, 아무런 의미 없이 내뱉는 단어 하나에도 자신의 살아온 삶이 녹아 있다는 것을 시간이 훨씬 지나야 깨닫는 나를 인지할 때 내가 얼마나 약한 사람 이였는지 알게 됩니다.

형용사, 부사, 감탄사, 조사, 명사, 말들과 단어가 보여주는 삶의 모습들 가운데 세상에 약하지 않은 것이 무엇이 있을까도 생각해봅니다. 삶에 다가오고 또 지나치는 많은 일상의 단어들이 약한 모습을 이기고 제대로 서려고 다리를 후들거리는 것을 보는 것이 나를 보는 것 같아 눈물겨울 때가 한 두 번이 아닙니다. 앞으로도 두발로 당당히 서기 위해서는 얼마나 많은 시간들을 보내야 할지 모릅니다. 하지만 말들과 단어에 나타나는 삶들이 모든 것을 이겨내며 일어서며 걸을 수 있을 때까지 응원해야 할 것입니다.

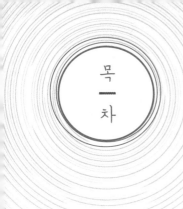

목
—
차

2장 앎

1장

갈 수 있는 곳, 볼 수 있는 것
아름답지 않은 것은 하나도 없다.
목적 없는 이유도 하나도 없다.

삶

우체국

우체국은 나에게 커피숍과 같은 장소입니다. 그리운 이들과 사랑을 나누기도 하고 전하기도 하는 나만의 멋스런 공간입니다. 팔순의 노모가 암에 걸려 쓰러지기 한 해 전까지만 해도 아들이 사는 파주까지 우체국을 통해 김장김치며 간장, 된장, 코다리, 나물, 심지어 갈치, 오징어와 같은 것들을 수시로 보내 주셨습니다. 그것이 어머니의 삶이고 행복한 일상이었으며 어머니가 여전히 곁에 있음을 알려주는 신호이기도 하였습니다. 아들에게 전해주러 우체국으로 걸어가는 발걸음이 얼마나 행복한 걸음이셨을까! 나 역시 어머니의 사랑을 생각하며 정성을 다 했으며, 가끔은 스승이나 형제, 지인들을 위해 우체국을 찾아가 감사의 마음을 담아 선물을 보내기도 했습니다.

존재를 확증하는 것이 무엇일까요? 두 말할 필요 없이 그건 사랑이라고 말할 수 있습니다. 사랑은 우리가 이 땅에 온 이유이기도 합니다. 사랑을 하며 살 때 우리의 가치는 극대화됩니다. 사랑은 주는 것이기도 하지만 참는 것이기도 합니다. 사랑을 하면 소비가 많아지게 됩니다. 이런 저런 선물들을 주고 싶은 마음이 간절해집니다. 행복한 소비입니다.

우체국에는 명절이나 김장철, 사시사철 절기가 찾아오면 물건을 잔뜩 들고 와서 박스에 담고 이리저리 테이프를 찢고 붙이는 소리로 요란합니다. 삶이 구체적으로 손에 잡히는 순간입니다. 이렇게 사는 것이 천국이라는 생각이 들어 감사한 마음이 듭니다. 생각해 보면 얼마나 마음 흐뭇한 호사입니까? 지금 이 순간에도 누구에게도 마음 한구석 전달한 곳이 없어 삶이 안타까운 사람들이 얼마나 많은가를 알기 때문입니다.

몇 년 전 겨울, 눈이 억수같이 내려 도로의 길들을 지우고 있었을 때 나는 우체국에서 어머니에게 보낼 겨울 내복을 포장하고 있었습니다. 어머니에게 보낼 내복을 포장하면서도 혼자된 여동생 생각에 가슴이 미어져서 눈 내리는 창밖을 하염없이 내다보았습니다. 사람의 인연이 마음대로 되는 것이 아니지만 그냥 그대로 살았으면 좋겠는데 자신이 딛고 선 자리를 지키지 못해 쓰러지는 주변 사람들이 많아 가슴이 아픕니다.

우리는 다 압니다. 삶에는 늘 좋은 일들만 있는 것이 아니라는 것을 말입니다. 쓰러지고 그늘이 지고 때로는 눈물을 쏙 빼놓는 날들이 기쁘고 즐거운 날들과 함께 섞여 있다는 것을 압니다. 그늘이 져야 햇빛이 들 날을 기대하게 되고 정작 햇빛이 비추었을 때 감격이 클 것임을 압니다.

어쨌든 쓰러지지 않고 굴러가야하겠습니다. 이렇게 하자면 부지런히 사랑하는 방법 외에는 도리가 없습니다. 그리고 나와 관계된 사람들의 일상에서 굴리고 있는 삶의 바퀴도 잘 돌아가도록 바라고 있습니다. 그들

또한 내 삶의 이유가 되기 때문입니다. 소식이 뜸한 지인들에게 제철 과일이나 내가 살고 있는 고장의 특산물을 조금이나마 맛보게 해 준다면 놀라며 좋아할 것입니다. 지금은 토마토가 제철이어서 붉은 토마토를 사서 스승님에게 보내야겠다는 생각을 하니 마음이 분주합니다.

누구는 산다는 것은 고해라고 합니다. 쓰러지지 않게 내 자리도 지켜야겠고 지인들도 챙겨야 하겠고 이래저래 사는 일은 쉽지 않습니다. 우체국이 아니더라도 요즘은 택배를 너무 편리하게 잘 이용할 수 있게 되었습니다. 떨어져 있어 거리는 멀어도 그 사이를 이어 줄 고마운 것들이 손닿을 곳에 있다는 것도 감사해야 할 일입니다. 우리는 함께 가야합니다. 혼자 가는 길은 외롭고 의미가 덜합니다. 천천히 이야기 하며 웃으며 그렇게 가야합니다. 내 자리를 지켜 나를 보는 이들의 마음을 아프게 하는 일이 말입니다. 사는 것이 무기력합니까? 김장철, 눈 오는 날 우체국에 한 번 가보십시오. 귓전을 찢으며 선물을 포장하는 요란한 테이프 소리가 당신 가슴을 깨울 것입니다.

세
상

며칠 전 구두를 닦기 위해 구두방에 잠시 들러야 할 때가 있었습니다. 하지만 구두를 닦는 그 자리에서 천당과 지옥을 오르락내리락 해야 했습니다.

몸이 좀 불편한 구두방 주인이 온 몸을 비틀고 갖은 인상을 지으며 내 구두를 닦는 모습을 지켜보면서 말입니다. 나는 그닐 건강한 몸을 부모로 물려받은 것을 몇 번이고 감사했습니다. 또한 어떡하든 자신의 자리에서 살아가기 위한 생명은 아름답다는 것을 다시 배웠습니다.

하루에 서른 켤레는 닦아야 입에 풀칠을 하며 사는데

서른 켤레 닦기가 힘들다고 입을 비틀대며 힘들게 이야기 하며 사천 원을 받아내기 위해 추운 양철 부스에서 감옥 같은 생활을 하며 두 손가락에 검정 약을 발라 연신 구두를 상전 다루듯 어루만지며 닦습니다. 약칠을 하고 세마포로 몇 번을 문지르고 기름을 바르고 문지르고 불에 달구는 일을 반복하는 동안 그의 손가락에는 검정 문신이 새겨집니다. 그런 고행을 하고 나서 그가 받은 돈은 고작 4천원이었습니다. 그 순간 나는 돈이 무서웠고, 사람과 세상이 무서웠습니다. 그리고 앞으로 살아가야 할 세월 역시 그랬습니다.

이렇게 힘든 세상 아래서 이 사람이 돈을 버는 동안 내가 쓰고 다닌 몇 천원, 몇 만원을 아무 생각 없이, 한 번의 고민도 없이 소비하고 있다는 생각이 나를 움츠려 들게 했습니다.

파란 지폐 석장을 우습게 알았던 헛된 내 지난 세월이 부끄러워집니다. 오히려 내가 그 사람에게 수업료로 몇 만원은 족히 주고 나와야 마땅하다는 생각이 들게 됩니다. 세상은 만만하지 않음을 다시 또 알게 됩니다. 돈

ㅂㅗㅌㅗㅇㅇㅣㄷㅏㄴㅓ

사천원의 값어치를 깨닫기까지 아직도 까맣게 멀었다는 생각이 나를 부끄럽게 합니다.

사람의 어려운 처지를 겪어 보지 않고서는 일상의 소중함을 알 수가 없으니 더욱 난감하기만 합니다. 아침에 구두를 닦으며 나는 어리석은 내 마음을 닦았습니다. 오늘 그 구두를 신고 나는 어떠한 모습으로 살 수 있을까요. 나는 다짐 반, 두려움 반의 마음을 가지고 오늘도 시작합니다.

버릴 것 하나도 없다는 말이 있습니다. 소가 그렇습니다. 고기, 가죽, 내장 어느 것 하나 버릴 것이 없이 우리들에게 모두 주고 가는 소중한 존재입니다.

어머니의 죽음이 그랬습니다. 어머니가 돌아가시면서 나는 세상을 다시 배웠습니다. 새롭게 태어나는 것을 경험하였습니다. 부모님은 우리에게 죽음까지도 다 주고 가시는 것을 알게 됩니다.

우리는 모두 자부심을 가져도 좋습니다. 잘 살건 못

살건, 잘 배웠건 못 배웠건 세상에서 나를 끔찍이 사랑해주는 그런 성자 한 분씩 모시고 살았다는 것을 말입니다. 어머니의 문상을 치루며 사람의 마지막이 소중하다는 것을 알았고, 이 세상에 태어난 어떤 죽음도 의미없는 죽음은 없다는 것도 알았습니다.

죽음은 원수를 화해하게 만들고 원수도 서로 위로하게 만들고 예의를 갖추어 방문하게 하는 위대한 축제라는 것을 말입니다. 평소 내가 미워했던 사람들, 보기 싫어 외면하고 살았던 그런 존재들이 눈발을 헤치고 찾아와 주었습니다.

세상은 오래 살고 볼 일이라는 것을 알았으며, 세상에 적을 두고 살면 안 된다는 말의 깊음이 뼈 속 깊이 파고듭니다. 누구와도 원수 되지 말고 서로 부대끼며 살며 나와 다른 의견을 가진 사람들을 인정해 주며 살아야 한다는 것도 깨닫습니다.

들에 피는 꽃이 각양각색이듯이 사람도 성품, 모습, 습관 이런 것들이 모두 같을 수가 없습니다. 그러나 우리는 그 꽃의 차이에 대해서 불평하지 않습니다. 사람에 대해서도 그와 같은 생각을 가져야 합니다. 잔치 집에는 못 가더라도 상가 집에는 가라는 그 말의 깊이를 이제야 알게 됩니다.

삼
월

매년 3월은 날씨가 고르지 못합니다. 겨울 끝자락과 앞선 봄의 기운이 3월의 자리를 차지하고자 매서운 기싸움을 하는 것 같습니다. 어떻게 보면 3월은 계절의 길목이라 더운 것도 추운 것도 이것도 저것도 아닙니다. 더욱이 미세먼지 까지....

그래서 그린지 봉오리가 꽃을 맺지 못하고 필까 말까를 더 망설이고 있는 깃 같습니다.

사람으로 말하자면 3월은 태도가 불량하기 짝이 없는 불량소년 같지요. 사람들은 마음을 종잡을 수 없습니다. 앞으로 나아갈 수도 뒤로 물러설 수도 없습니다. 이를 두고 진퇴양난이라고 해도 좋을 것입니다. 이 시절은 사람만 그런 것이 아닙니다. 꽃도 제대로 된 꽃이 없습니다. 플로리스트는 색깔도 쓰기가 어렵다고 합니다. 여름의 무성함에 비하면 그렇다는 말이지요. 그러니 사람의 뼈가 마를 수밖에 없습니다. 사람이나 자연이나 생리는 다 비슷한 것 같습니다.

나만 이런 것인가요? 아니면 다른 사람들도 다 그렇게 느끼는 건가요? 회색으로 변한 우중충한 3월의 산야를 걸어 봅니다. 희뿌연 연기 같은 것이 앞길을 막아섭니다. 답답한 생각에 사람의 뼈가 마르는 듯합니다.

매년 3월은 건너오기가 매우 힘들었습니다. 그리고 3월에 쓰러지지 않게 해달라고 마음속으로 소원했습니다. 3월을 넘기기만 하면 그 한 해는 어떻게 하든지 굴러갔던 기억이 있습니다. 그래서 나에게는 3월에 대해 그런 아픈 기억을 가지고 있습니다. 어찌하던 올 3월도 무사히 건너야 하겠습니다.

봄을 기다리는데 어디서는 눈이 내리고 있다고 합니

다. 내가 다니는 회사 앞마당에 서있는 자목련은 아직 꽃을 피우지 못하고 있습니다. 봄은 아무나 맞는 것이 아닙니다. 쓰러지지 않으려고 힘을 다해 버티는 숨소리가 들릴 때 우리는 봄을 제대로 맞이할 수 있습니다.

눈
길

멋대로 산다는 것, 내 기분대로 산다는 것, 예절과 규
례를 무시하며 쓰레기를 아무데나 버리고, 침을 아무
곳에나 뱉어 대고, 운전대를 잡으면 아무에게나 욕을
하며 멋대로 산다면. 우린 언젠가 잘못된 대가를 톡톡
히 치를 수 있습니다

사람이 사람인 것은 양심이 있고, 분수를 알고, 규칙
을 지키고, 정의와 진실, 사랑과 같은 고귀한 추상명사
의 위력을 제대로 알고 실천하려고 노력하기 때문입니
다. 일상이 제대로 굴러가기 위해서는 잘못 했을 때 그

것을 달게 감수하는 것이 중요합니다. 자신의 잘못으로 인해 어떤 책임을 져야할 때 그 책임을 피하기 위해 엉뚱한 실력자를 찾거나, 위안거리를 찾는다면 더 이상 희망이 없습니다.

다급 해지다 보면 우리는 피하지 말아야 할 곳으로 피하여 화를 더 키우게 되는 경우가 많습니다. 바람이 불면 바람을 피하기 위해 엉뚱한 곳으로 피신을 해서는 안 됩니다. 눈이 오면 눈길을 위태롭더라도 걸어가야 하며 그것을 회피하기 위해 다른 편한 길을 찾아서는 안 됩니다. 감내해야만 하는 아픔이 있다면 그 길을 정면으로 걸어서 통과해야만 합니다. 둘러가거나 미루는 것이 아니라, 당당히 그 중심을 통과해 뼈저린 후회를 통해 잘못을 반복하지 않도록 해야 합니다.

그리고 길이 아닌 곳, 만나지 말아야 할 사람은 만나지 않아야 합니다. 그래야 제2, 제3의 후회되는 일을 피할 수 있습니다. 위태로울 때는 조용한 곳으로 숨어 들어가 자신이 지나온 길을 깊이 성찰해 볼 필요가 있습니다. 그것은 무척 힘이 드는 일이기도 하지만 반드시 정면으로 대결해서 풀어내어야만 하는 과정입니다. 그리고 자신의 행동을 잘 들여다보면 실패하고 좌절한 그곳에 해결의 실마리도 함께 남아 있다는 것을 알게 될 것입니다.

이 세상에 일어나는 일 중에서 나에게 유익하지 않은 일은 하나도 없습니다. 사람에게 일어나는 모든 일은 다 의미가 있으며 해석하기에 따라 삶에 도움이 될 수 있습니다.

비가 오면 비를 맞고, 눈이 오면 눈을 맞으며 바람이 불면 바람에 흔들리면 됩니다. 더 나은 내일을 준비하고 있다면 거드름을 피우며, 게으름을 피우고 현장에서 줄행랑을 쳐서 내가 반드시 받아야 할 교훈, 뉘우침을 놓치는 일이 없어야 하겠습니다.

새
벽
강

장마가 지나는 여름 한 날 골목골목 동네 작은 개천들에 물이 넘쳐 아래로 내리달리고 있는 것이 보입니다. 그것은 마치 화난 시위대가 만장을 들고 어디론가 몰려가는 것과 같았습니다. 그 성난 물줄기들은 내리달려 결국 강가로 흙탕물을 풀어내며 쏟아져 들어갑니다. 결국 강은 넘쳐 둑이 터지기까지 그 물들을 말없이 다 받아들이며 도도하게 흘렀습니다. 강은 날이 좋으면 좋은 대로 날이 궂으면 궂은 대로 많건 적건 모든 개천의 물들을 다 받아들입니다. 물이 넘쳐나자 자신을 가둔 둑을 터뜨리기 까지 그렇게 다 받아 들여 줍니다.

삶이 무엇 때문인지 모르게 어려워 잠을 설쳤던 그 날 새벽, 오지 않는 잠을 포기하고 새벽에 집 인근에 있는 강에 나가 보았습니다. 그곳에서 강의 포용력을 볼 수 있었습니다. 그 모습을 지켜보는 동안 왜 삶이 번잡하고 문제가 많고, 시시콜콜한 것들 때문에 괴로운 것이 무엇 때문인지를 알게 되었습니다. 계산하고 따지고 헤아리는 방식이 문제가 많음을 알았습니다.

그 날 내가 본 강은 나에게 무언의 교사였고, 스승이었습니다. 저 넓은 가슴을 가진 강처럼 살아야 하겠다고 결심하면서 새벽강가를 걸었던 기억이 납니다. 저 강처럼 대범하게 좀 손해를 보며 그렇게 한 세상을 살아가야겠다고 결심하였습니다.

너무 세세하게 따지고 거르다 보면 큰 강줄기를 이루어 갈 수 없습니다. 우린 평생 배우며 살아가는 중 입니다. 때론 우린 둔해도 아주 둔한 사람입니다. 사람들이 대충 눈치로 다 알 수 있는 것들을 뒤늦게 깨우치고 무릎을 치고 있으니 하는 말입니다. 그런 자신이 한없이 미워질 때도 있습니다.

세상을 살며 배워야 하는 대상에는 제한이 없습니다. 사람에게서 배우고 자연에게서 배우고 미물에게서도 배웁니다. 평생 배우는 것이 사람의 운명이라고 생각합니다.

장마 비가 쏟아져 내리는 날 강가에 한 번 나가보십시오. 폭풍우 치는 날 바닷가에 한 번 나가 보십시오. 어떻게 받아들이고 어떻게 정화하는지를 알면 그 안에 해답을 발견 할 수 있을 것입니다.

목
련

　시골에서 살다 서울에 올라와 한동안 전셋집을 전전
하며 팍팍한 일상을 살아내느라 힘들었던 세월이 있었
습니다. 주인 집 마당에 나가보면 목련이 밤에는 선인
장처럼 느껴지던 그런 세월이었습니다. 하지만 목련이
봉우리를 맺어 꽃을 피울 때는 정말 마음이 정화되는
기분이었습니다. 하지만 그것도 오래가지 않았습니다.
목련은 며칠을 버티지 못하고 색이 바래지더니 정신없
이 떨어졌습니다. 떨어져 누운 빛바랜 목련 꽃들을 보
면서 당시의 내 생활과 오버랩 되며 짜증까지 났었습니
다. 목련을 향한 나의 기대는 오래지 않아 실망이 되었습니다.

그러던 어느 여름날 정원에 나가 목련을 보며 나는 깜짝 놀랐습니다. 꽃을 다 버린 목련은 무성한 푸른 잎들을 매달고 부활하고 있었기 때문입니다. 그 때 나는 목련의 변신을 보며 내 생활의 변신을 기대했었습니다. 그 뒤로부터 나는 목련이 좋아지기 시작했습니다. 그러다 보니 백목련뿐만 아니라 자목련도 좋아하게 되고 각각의 특성을 유심히 지켜보게 되어버렸습니다.

나무 한그루도 자신만의 생존 비법이 있습니다. 모든 생명 있는 것들의 운명인지도 모릅니다. 버리면 얻을 것이며, 주면 도로 찾을 것이며, 낮아지면 높일 것이며....
버릴 때는 앞 뒤 계산하지 말고 사정없이 버려야 한다는 것을 알게 됩니다. 또 줄 때는 사정없이 주고, 사과할 때는 사정없이 사과하고, 용서할 때는 화끈하게 용서하고....

초봄에 꽃잎을 버릴 때의 목련은 광기에 서러움마저 베어 있습니다. 잠이 안 오는 여름 밤 뜰에 나가 보십시오. 이번엔 여인처럼 무수한 잎들이 머리를 한껏 올린 것처럼 우뚝 선 목련의 자태를 보게 됩니다. 어떻게 해야 다시 내가 사는가 하는 것을 보고 배우게 될 것입니다. 사정없이 버리는 것 또한 인생의 길이라는 것을 알게 될 것입니다.

쓰러지는 법

누구에게나 좋은 시절은 있습니다. 나에게도 그렇습니다. 잘 나가던 시절, 돈을 자루로 쓸어 담고 돈은 이렇게 버는 것이로구나 하면서 자신만만해 하던 그런 겁 없이 살아가던 시절이 분명 있었지요. 하지만 그런 삶을 감당하기에 너무 젊은 나이였습니다. 의욕적으로 사업을 확장했지만 과욕이 되어버려 사업을 말아먹고 패배를 안겨준 고향이 싫어 서울로 떠나왔습니다. 한 번 칼을 맞은 후유증은 너무 커서 지금까지 의욕을 잃고 휘청거릴 때가 있습니다.

서울로 올라와 살려니 보통 힘이 들지 않았습니다. 서울은 사람이 많고 길이 많고 차가 많았지만 절해고도의 유배지처럼 느껴졌습니다. 사람은 많았으나 나와는 무관한 사람들이었고, 서울에 길은 많았지만 내가 가야할 길은 보이지 않았으니까요. 한 때 명동을 걸으며 네온불빛 아래 수많은 인파 속에서 밀려다니며 외로움에 몸을 떨었습니다. 서울의 이중성! 화려하지만 고독하고, 풍부한듯하나 빈곤한 서울의 아이러니에 눈물을 훔쳤던 기억이 납니다.

좌절의 깊은 수렁을 벗어나기 위해 이리저리 몸부림을 치면서. 그 때 깨달은 것이 있습니다. 이루기는 힘들어도 이룬 것들을 날리는 것은 한 순간이며, 사람이 쓰러지려면 생각지도 못한 곳에서도 쓰러지고 만다는 것들을 말이지요. 예기치도 않고 일어날 수 없는 일들이 일어나 몰락해 가는 자신을 용서할 수도 없었던 기억이 있습니다. 하지만 그렇게 철저하게 파괴하지 않으면 건설할 수도 또 일어설 수도 없음을 깨닫게 됩니다.

그 때를 생각하며 늘 방심은 금물이라는 생각을 버리

지 않게 됩니다. 결국 사소한 데서 근소한 차이로 무너지는 것입니다. 일은 정성입니다. 끝까지 마지막까지 최선을 다해야 하는 이유가 분명이 있음을 기억하고 잊지 않아야 합니다.

막
차

어릴 적 동네에 막차라는 별명을 가진 아주머니가 있
었습니다. 그 분은 친구의 어머니였는데 어머니와 더불
어 일을 가시면 늘 마지막으로 늦게 출근한다고 해서
붙여진 별명입니다.

어찌 보면 막차는 인생과 가깝다는 생각이 듭니다. 일
찍 달려가 보고자 역에 나가 기웃거려보았지만 정작 남
들이 다 타고 떠나는 차는 잡지 못하고 역에 남아 있던
기억이 누구에게든 있으니 하는 말 입니다.

나에게 소중한 것들이 무엇이었나 생각해 봅니다. 너무 늦게 찾아와 소용이 없게 된 애물단지들이 무엇이었나를 생각해 봅니다. 어쩌면 그것은 씁쓸한 기억을 다시 꺼내 내 가슴을 후려 파는 아픈 일이기도 합니다.

이십대에 시작한 박사를 49살에 딴 것도 그렇습니다. 사람들이 다 일찍 박사를 따고 교수로 나가 지금은 학장이 되고 했지만 나는 늦게 딴 박사를 어디에도 제대로 써먹지를 못합니다.

뒤늦게 깨우친 글재주도 그렇습니다. 젊은 나이에 개발되지 못하고 너무 늦게 개발된 글재주역시 나에게는 별 도움이 되지 못합니다.

남편과 아버지의 중요성에 대한 인식도 너무 늦게 눈을 떴다는 것이 아쉬움입니다. 나로 인해 겪었을 아내의 아픔은 얼마나 되었을 것이며 부모의 역할을 제대로 해내지 못함으로 인해 아이가 받았을 아픔은 또 얼마나 컸을까요.

자식의 도리를 못했다는 깨우침도 너무 늦게 찾아옵니다. 부모는 연탄장사를 하면서 자식들 공부를 시켰습니다. 그 분들은 하루에 몇 시간 자지 않고 몸이 부서지도록 희생하며 살아왔지요. 그것이 운명이고 길이었나 봅니다.

그래도 세상일 내 마음대로 안 되는 것이 인생사라는 것을 알게 되서 참 다행이라 생각이 듭니다. 나에게 소중한 것들 은 너무 늦게 찾아와도 그것들은 무용지물이 되지 않았기에 행복을 기대하게 됩니다.

소중한 것들이 막차라도 타고 올 때는 눈이 빠져라 기다리기는 것도 지루하지 않게 됩니다. 기다리는 시간이 행복하기 때문일 것입니다. 그리고 다른 사람들은 모르지만 날이 새고 들어오는 막차도 기쁘게 맞이할 수 있기 때문입니다.

산 다 는 것

산다는 것은 참으로 힘겨운 일입니다. 그것은 산을 오르는 일이며, 다리를 절며 봉우리를 넘어가는 일이기도 합니다. 어디 그것뿐이겠습니까, 파도를 넘는 일이기도 합니다. 숨 쉴 겨를도 없이 돌아서면 달려드는 파도, 그런 파도를 넘는 일입니다.

산다는 것은 때로는 말 같지도 아닌 말을 들으며, 그 사람을 위해 기도까지 하며 눈물의 날을 보내는 일이기도 합니다.

살면서 흔들리지 않고 바로 설 수 있는 것들을 나는

보지 못했습니다.

바람과 비, 눈, 이 모든 것들이 흔들리며 나를 바로 세워가는 일에 일조를 하는 것들입니다.

산다는 것은 흔들리는 일입니다. 어제는 참으로 무서웠다고 생각하며, 오늘은 또한 감사하다고 생각하며 끊임없이 흔들리며 가는 것입니다.

출근시간 역에서 환승을 위해 출구로 나가면 엄청난 사람들이 밀려듭니다. 출구로 나가기 위해서는 한 발짝도 옴짝달싹할 수 없는 상황에서 이리 흔들리고 저리 흔들리며 한 발자국 출구를 향해 흔들려야지만 빠져 나갈 수가 있었습니다. 산다는 것이 이처럼 흔들리는 것이라는 것을 알게 됩니다.

누구에게나 목적이 있습니다. 그곳까지 가기위해서는 흔들리면서 가는 것입니다. 흔들림은 언제 끝이 나는 것일까요? 아마 평생 흔들리는 것이며 목숨이 다하는 마지막 순간까지 흔들리며 가야할지 모릅니다. 그래야 우리의 흔들림이 끝이 날지 모릅니다. 생각해보면 간담이 서늘한 일입니다. 진땀을 흘려야 할 정도로 삶이란 힘이 들고 무서운 것일지 모릅니다.

흔들림은 나이가 들수록 황혼에 가까울수록 더 흔들리고 어려움에 빠져들게 합니다. 어디 그것뿐입니까. 내가 흔들린다는 것을 남이 모르게 하도록 간담을 졸이며 위장을 해야 하기도 합니다. 그래서 때로는 삶에도 가식이 필요하고, 위선이 필요하고, 남모르는 애환이 있게 됩니다.

우리들이 살아간다는 것은 우리에게 주어진 평범한 보통 날 들이 수 없이 떨어지고 보통 이상의 난리법석을 떨고 나서야 비로소 조금씩 삶에 눈 떠지는, 산다는 것은 흔들리는 것입니다. 목숨 다하는 그 날까지 흔들리며 가는 것입니다.

남자와여자

남자들은 모르는 것들이 참 많습니다. 등잔 밑이 어둡다는 말이 있듯이 남자는 여자들을 모르는 경우가 더 많은 것 같습니다. 생각해 보면 여자가 얼마나 대단하고 신비한 존재인지 잘 알지 못합니다. 근데 참 아이러니합니다. 남자는 이런 여자들을 잘 알지도 못하면서 늘 가까이에 살고 있습니다. 세상의 모든 남자들을 낳은 것은 여자였기에 남자는 여자를 이길 수가 없습니다.

여자처럼 아이를 낳느라 산고의 고통을 느낄 수 없고 그 많은 피를 흘린 적이 없고, 자기가 낳은 생명들을 위해 제대로 희생한 적도 없기 때문입니다. 여자는 출산을 위해 살이 찢기면서도 한 번도 비겁하지 않습니다. 뼈가 틀어지고 이빨이 다 빠져 나가도 참습니다. 남자는 여자의 싸움 상대가 되지 못합니다. 이런 사정도 모르고 여자를 울리는 것이 남자입니다.

남자들이 모르는 것은 이것뿐만이 아닙니다. 여자가 어머니가 되면 더 강하다는 것도 모릅니다. 남자는 여자를 이해할 수가 없기에 이길 수가 없는 것입니다. 남자가 여자를 이긴다는 것은 어찌 보면 꿈도 꾸어서는 안 될 일이기도 합니다.

남자는 여자보다 사랑을 주는 법을 모릅니다, 사랑하는 방법도 모를 겁니다, 늘 사랑받기만을 원하는 철부지입니다. 그래서 곤고한 영혼, 바람을 잠재우는 일, 상한 영혼을 위로하고 사랑을 아는 한 인간으로 살아가기 위해 남자에게는 아내와 어머니 같은 여자들이 필요합니다.

검
정

세월이란 시간에 인생의 관록이 붙다보니 색깔에 대해 생각해 보게 되는 때가 되었습니다. 최근에 눈 뜬 일이지만 보라색이 상당히 신비해 보이고 매력적인 색깔이라는 생각이 듭니다. 보라색 넥타이, 보라색 블라우스가 그런 인상을 줍니다. 하지만 가장 흔하게 우리에게 떠오르는 색은 검정과 흰색일 것입니다. 나는 이전에는 이렇게 깊이 검정과 흰색에 대해 생각해 본 일이 없습니다. 머리만 보더라도 아직 검은 색입니다. 검은 색의 세계에 있다고 볼 수 있습니다.

나는 검정색을 좋아합니다. 나에게 잘 어울리는 색깔이어서 검정양복이나 검은 색 계열의 옷을 입으면 밝은 색 옷에 비해 잘 어울린다는 소리를 듣습니다.

나는 검정의 이중성을 알고 있습니다. 엄정하고 단정해서 장례식장에 잘 어울리는 검정색 말입니다. 검다는 것은 젊음을 대변합니다. 그래서 그런지 검정은 격정의 세월을 달려가야 할 운명에 놓여 있지요. 젊음은 열정적이지만 때론 미숙하고 때론 욕심이 가득차서 실수도 많이 할 수밖에 없습니다.

검정이 세상을 살아가며 부대끼며 겪어야 할 아픔을 생각하면 안쓰럽기까지 합니다. 단정하나 음흉하고 모략이 많아 스스로를 망치며 쓰러지는 것 또한 검정일 때 가능합니다. 검정은 그렇게 자신을 파괴하면서 점차 흰색으로 물들어가게 됩니다.

이에 비해 흰 것은 곧 사라지게 될 운명의 색입니다. 그래서 밝고 순결한 이미지를 주지만 어떻게 보면 곧 사라져야 한다는 서러움이 있습니다. 그리고 결코 검정처럼 베일 뒤에 가려 져 열정과 모략 속에서 자신을 태우기에는 어울리지 않는 색입니다. 그래서 흰 것은 추한 것들이 잘 어울리지 않습니다.

　사람은 누구나 희고 검습니다. 대부분의 사람은 검정에서 흰색으로 바뀌겠지요. 아직 검은색을 더 좋아한다면 나 자신을 피곤하게 만들 수 있습니다. 또 얼마나 먼 길을 달려가야만 하는지를 알 수가 없습니다. 하지만 머지않아 우리는 정욕을 버리고 나를 버리며 희고 순수한 세계로 나아가게 될 것입니다.

연극

우리들은 살면서 남들이 모르고 몰라야 하는 자신만의 은밀한 비밀 한 두개쯤은 간직하며 살아갑니다. 쉽게 남에게 이야기 할 수 없는 비밀을 갖고 살다보면 때로는 생과 사를 넘나들기도 합니다. 우리는 매일 사람들을 만나면서 저마다 자신의 삶을 부끄럽지 않게 포장하며 살아가고 있습니다

그렇게 살아가는 동안 때때로 혼자 느끼는 고독감과 절망감은 얼마나 깊을까요? 남 앞에서는 버젓이 행사를 하지만 집에 돌아가 거울 앞에선 자신의 모습을 보면서

얼마나 실망할 것이 많을까요. 당차게 보이는 연출된 삶 뒤에는 빙판 눈 길 위를 위태롭게 달려가야만 하는 아슬아슬한 위기의 순간들이 많을 것입니다.

전철을 타면 도시의 일상에 지쳐 쓰러진 사람들을 봅니다. 어떻게 보면 피로에 물들어 고단한 그들이 안쓰럽기까지 합니다. 하지만 그런 나의 감상도 잠시 차가 환승역에 다다르면 그들은 거짓말처럼 말짱하게 일어나 가방을 챙겨들고 쏜살같이 전철을 나섭니다.

점잖게 눈을 감고 있거나, 잠이 든 척 쓰러져 있었지만 그들이 가야할 목적지는 잊지 않고 있기 때문입니다. 다만 일시 눈을 감고 있거나, 먼 곳을 응시하고 있는 것은 고단한 삶을 달래는 짧은 연극일지 모릅니다. 이렇듯 짧은 연극 한 편이 우리의 삶을 지탱하는 퍼포먼스입니다.

표
정

표정에는 그 사람의 모든 것이 저장되어 있습니다. 그것은 마치 유전자 지도가 그려져 있는 것이나 마찬가지입니다. 수많은 세월을 거쳐 오는 동안 그는 얼굴이라는 도화지에 스스로가 온갖 그림을 그린 결과입니다.

어떤 사람은 미간을 얼마나 찡그리고 살았는지 위에서 아래로 칼집을 낸 것처럼 주름이 깊이 패여 있습니다. 무엇을 해보고 싶은데 해 볼 수없는 현실에 대한 좌절이 미간에 인두로 지진 것처럼 화인을 친 것일지 모릅니다. 미간에 주름이 많은 사람은 슬픔이 많고 눈물이 많았으며 쉽게 포기하는 사람일지도 모릅니다. 그럼에도 불구하고 무엇을 해 보려 무척 애를 쓰는 사람입니다.

사람의 얼굴 표정에는 지나온 길과 즐거움과 슬픔 그리고 세상을 얼마나 달관했는지 아니면 현실에 눌려 체념을 했는지를 다 알려줍니다. 사람을 인상으로 판단할 일은 아니지만 그래서 첫 인상이 중요합니다.

사람들은 첫 인상을 중요시하게 생각합니다. 첫인상, 그가 살아오면서 세상과 대면해서 만들어 놓은 내면을 한 눈에 간략히 보여주는 것, 그것이 첫인상입니다. 해변의 바위가 수많은 밀물과 썰물에 쓸리고 씻겨서 조각되듯이 사람의 표정 역시 수많은 날들의 기쁨과 충격이 지층처럼 쌓여 그 사람의 얼굴을 만드는 것 아닐까요.

전철 칸에 한 무리의 중학생인지 고등학생인지 모를 여학생들이 소란하게 떠드느라 요란합니다. 아이들 표정에서는 아무것도 읽어 낼 수가 없습니다. 지금 얼굴을 조각해 가고 있어 어떤 표정으로 특징 지워지거나 조각되지 않은 상태이기 때문입니다. 물론 사람의 얼굴 표정이 좋지 않아도 말을 붙여 보면 한 없이 마음이 따뜻하고 부드러워 깊은 정이 가는 경우도 있습니다.

사람의 표정은 그 사람의 윤곽을 정확하게 알려줍니다. 표정을 알면 그 사람을 알 수 있습니다. 사람의 인상은 속일 수가 없습니다. 사람의 지나 온 세월이 고스란히 담겨져 있기 때문입니다.

아
버
지

　내가 아버지가 되고 보니, 이제야 어릴 적 아버지를
이해할 수 있게 되었습니다. 남자는 아이들의 아버지가
되어 보지 못하고는 절대 아버지의 마음을 이해할 수
없습니다. 아버지는 선비같이 여린 분이셨습니다. 명필
가이셨고 효심이 지극한 분이었습니다. 그리고 학구적
인 분이셨습니다.

　글씨를 잘 쓰셔서 동네 통장 일을 보며 동장의 총애를
받는 통장이었습니다. 그뿐만이 아닙니다. 시골서 작은
아들과 함께 살겠다는 할머니를 굳이 장남의 도리가 아

니라고 부산으로 모셔와 할머니가 충남 홍성 고향마을을 늘 그리워하게 만드신 분이기도 합니다. 그래도 어머니와 함께 있어 어린아이처럼 좋아하시던 기억이 새롭습니다. 한 겨울에 홍시를 먹고 싶다는 할머니의 말에 아버지는 어린 나의 손을 잡고 온 동네와 시장을 다 돌고 어쩔 수 없이 붉은 귤을 사들고 가기도 했습니다. 아버지의 유품인 노트들을 보면 일본어로 쓰인 칸트의 철학책과 도스토엡스키의 소설들을 번역한 노트들을 여러 권 볼 수 있었습니다.

또한 아버지는 친구였고, 스승이기도 했습니다. 나는 아버지의 사랑을 받으려고 형과 경쟁을 했던 기억도 납니다. 하지만 아버지가 잘나가던 대기업에서 실직을 하면서 무능한 기다림의 세월을 보내야만 했습니다. 아버지는 그 뒤로 영영 직장을 구하지 못하고 어머니와 함께 산동네로 흘러 들어와 연탄배달을 하며 세월을 보냈습니다. 다시 세상에 나가지 못하고 어머니를 고생시키는 무능한 아버지가 그때부터 미워지기 시작했습니다. 어떤 날은 왜 어머니를 고생시키느냐고 아버지와 싸움을 하던 기억도 있습니다. 그 당시는 그랬습니다. 그때부터 아버지는 내 어린 시절 모든 불평과 불만의 진원지였습니다.

내가 어른이 되고도 한참 뒤에 아버지가 모함에 연루되어 집행유예의 형을 받았다는 것을 알았습니다. 집행유예의 기간 동안 아버지는 어디를 가도 취직할 수가 없었으며 자기를 범죄자로 몰고 간 세상이 싫어져서 두문불출 산동네 연탄배달부로 자신의 삶을 닫았을 것이라는 것을 알고 나는 가슴을 쳤으나 아버지는 세상을 떠나고 난 뒤의 일이었습니다.

아버지는 한 마디도 이렇다 하는 말을 한 적이 없습니다. 그저 묵묵히 세월을 견디어 내었던 것입니다. 지금 생각해 보니 그런 아버지의 가슴에 대못을 몇 개나 박았는지 모릅니다. 그 잘난 내가 다음에 커서 아버지처럼 자식들 잘 입히지도 먹이지도 못하는 무능한 아버지가 되지 않겠다고 맹세를 했지만 그것은 헛된 맹세가 되어 버렸습니다. 세상은 그렇게 호락호락한 곳이 아니었습니다. 무너져 가는 아버지의 가슴에 못을 박았던 철없던 아들인 나 역시 별 수가 없었습니다.

아버지라는 이름은 역설의 이름입니다. 아무리 잘 해도 어린 자식들에게는 타도의 대상이 되는 꼰대일 수밖에 없습니다. 결국에는 자기가 낳은 아이들로부터 불만의 대상이 되어 그 아이들의 성장을 위한 자양분으로 내어주고 사라지는 운명을 가진 이름입니다. 어머니는 자식들이 호강을 시켜 드리고 보호해 주고 싶은 보호의 대상이지만 아버지들은 그렇지 못합니다. 뼈가 으스러지도록 가족들을 호강시켜야 하는 능력 있는 슈퍼맨이 되기를 강요받는 무너지는 가슴들입니다.

아버지를 더 이상 볼 수 없을 때가 되어서야 아버지를 이해하게 됩니다. 그렇게 소중한 것들에 대한 깨달음은 언제나 늦게 찾아오나 봅니다. 조금 일찍 오면 좋았을 것을 , 후회도 미안함도 함께 아픔이란 이름으로 찾아오기 전에 마음을 전해야 합니다.

친구

이제는 볼 수 없는 가장 친했던 친구가 생각이 납니다. 가족이 다 군인이었고, 그 친구 역시 군인이었으며 중령이었습니다. 30사단 작전 참모를 하던 시절 결혼식을 올린 기억이 있고, 이후 진급을 위해 진해 육군대학에 입교했었습니다. 그는 사고로 죽었고, 나는 그를 진해의 화장장에서 연기로 떠나보내야 했습니다.

내가 부산에서 서울로 올라와 적응하느라고 정신없던 봄을 지내던 어느 날, 친구 누님의 흐느끼는 전화 한통으로 그는 그가 이 땅에서 그가 짊어져야 했던 질곡들을 쉽게 벗어 던지고 떠났음을 알게 됐습니다.

친구가 살았을 경기도 송추 군인 아파트에 노모를 모시고 살았던 그를 찾아가는 길은 항상 즐거웠습니다. 파도치는 세상은 만만하지 않았지만 그와 함께한 세월은 아름다웠습니다. 그 친구를 보내고 얼마 뒤 그가 근무하던 사단 아파트 부근을 지나며 쓸쓸한 마음을 시로 지어 달래보기도 했습니다.

그는 군인으로서 강직했으며 나라를 위한 충성심이 깊었고, 부모에 대한 효심과 동기간의 우애와 친구에 대한 우정이 남달랐습니다. 오래 살아야 할 그가 먼저 떠나고, 없어도 좋을 내가 오래 살아 부끄러운 날이 많아집니다.

사람은 살아야 할 의무가 있습니다. 내일의 빵과 그리움에 눈물지으면서도 삶을 다독이며 기야만 할 것입니다. 오늘 그 친구가 살던 송추 가는 길은 진종일 매미가 울었습니다. 기억이 새롭습니다. 그에게로 가고 생명으로 가던 이 길은 이제 내가 살아서 불러야 할 슬픈 노래가 되었습니다. 하지만 이것도 내가 살아야할 삶의 일부임을 알고 있습니다.

나에게 주어진 삶을 사랑해야 합니다. 그 길이 아무리 험난하고 애환이 있으며 못난 것이라 할지라도 내가 내 삶을 감싸 안고 달려가야만 합니다. 그리고 나의 사랑하는 지인들, 가족들을 위해서라도 내 자리를 끝까지 지켜주어야 합니다. 그것이 사는 삶입니다.

만
리
포

철이 드는데 저 같은 경우 오십년의 세월이 걸렸습니다. 나보다 먼저 철이 든 사람도 있을 것이고 아직 철이 들지 않는 사람도 많이 있을 것입니다. 그러니 생각해 보면 인생을 한 걸음 한걸음 건너간다는 것이 얼마나 어려운 일인지 모릅니다.

나는 부산에서 사라서 그런지 바다를 자주 찾는 편입니다. 어떤 때는 다대포가 눈앞에 어른거려 쉬는 날 밤차를 타고 부산을 내려가 다대포를 걸었고, 파도치는 송도에 가서 나만의 시간을 가진 후 다시 서울로 올라

오곤 했습니다. 그러고 나면 한 동안 그 힘을 받아 살아 갈 수 있었습니다.

　내가 불안한 삶을 살고 있다 생각이 들 때가 있습니다. 그래서 어떤 때는 군대생활을 하던 부대 정문 앞에 가서 옛날을 회상하곤 했습니다. 나는 전투경찰이었습니다. 데모를 막는 전투경찰. 군사정권 시절 집권여당의 당사를 군인들이 상주하며 지켜야만 했던 암울한 시절이었습니다. 부패한 권력에 사역 당하던 광대의 그 시절이 그리울 만큼 오늘의 내가 불안한지 모릅니다.

　사람은 살아가는 동안 목마를 때가 있지요. 아마 방황을 하는 것일 것입니다. 사실 알고 보면 방황할 것도 괴로워 할 것도 그다지 없는데 말입니다.

　오늘 내 삶이 중요하며 행복은 내 마음 속에 있으며, 소중한 것은 내가 만나는 사람들과 내가 하고 있는 일이며, 천국은 이러한 일상 속에 존재한다는 것을 잘 알고 있으면서도 말입니다. 그럼에도 불구하고 무지개를 찾아 떠났던 소년처럼 우리는 오늘도 무지개를 찾아 일상에서 떠나고 있는지 모릅니다.

저절로 새로워지는 것은 없습니다. 모든 것은 내가
만드는 것입니다. 내가 생각하기에 따라 모든 것이 결
정되는 것입니다. 경전에도 나와 있습니다. 천국은 이
곳에 있다, 저곳에 있다고 하지만 천국은 우리들 마음
속에 있다고 말입니다. 여러 가지 이유를 만들어서라
도 혼자만의 여행을 준비해 보세요. 눈에 갇혀 작은 마
을에서 보내는 동안 삶의 소중함을 깨달으며, 스스로가
삶의 주인임을 알게 됩니다. 다시 지지고 볶는 삶의 현
장으로 돌아올 때 차들의 발이 묶여 원래의 자리로 갈
수가 없어도 길을 걸어서라도 돌아가 마주해야겠다는
용기를 얻을 수 있습니다.

청
사
포

　젊은 시절 친구들과 서울에서 출발해서 부산 청사포
로 가던 기억이 있습니다. 해운대를 거쳐 청사포로 가
는 동안 남자 셋이서 이런 저런 이야기를 하면서 해운
대 바다를 지나고 달맞이 고개를 넘어 파도치는 청사포
로 내려갔습니다.

　우리는 청사포에 가면 말 그대로 뱀처럼 구불거리는
해안선을 따라 끝없이 이어진 푸른 모래사장이 있을 것
으로 기대를 했습니다. 처음에는 달맞이 고개에서 탁
트인 바다를 보는 일, 그 자체만으로도 경탄을 금하지

못했습니다.

청사포는 우리의 목적지였고, 우리는 청사포로 가는 동안 그 길의 아름다움에 흠뻑 취했습니다. 달맞이 고개에서 바라보는 얕은 야산에 둘러싸인 마을과 정겨운 포구, 마을을 가로질러 동해로 달리는 철로가 한 눈에 들어오면서 이곳은 마치 이국처럼 느껴졌습니다.

우리에게는 청사포에 닿으면 한잔 술에 싱싱한 회를 한 접시 먹으며 시름을 잊으리라고 하는 기대가 즐거움의 하나였지요. 그곳까지 가는 동안 여러 풍경을 보면서 친구들과 이야기를 나누며 가는 그 과정이 목적지에 도착했을 때 보다 소중하다는 것을 알았습니다.

하지만 우리가 가진 생각이 환상이라는 것을 깨닫는 데는 그렇게 오랜 시간이 걸리지 않았습니다. 청사포에 도착했을 때 푸른 노래톱은 고사하고, 어촌 마을과 그 앞에 놓인 시멘트로 조성한 접안시설들만이 우리를 반겼기 때문입니다.

사는 것은 늘 이처럼 한순간의 환상이며 그리하여 결국 한편의 사기일지 모른다는 말을 하고 싶은데 지나친 말일까요? 하지만 환상도 없이 거칠고 변덕스러운 인생 길을 어떻게 갈 수가 있겠습니까? 그래도 과정이 있기에 갈 수 있는 것입니다. 그래서 우리는 매일 꿈꾸는지도 모르겠습니다. 청사포에 푸른 모래톱을 기대하면서 말입니다.

험
한
길

우리의 삶은 긴 것처럼 보여도 그렇게 길지 않습니다. 정말 한 순간입니다. 내가 다니던 교회에서 만나 서로 울고 웃으며 한 동안 지내다 언제부터인지 보이지 않아 주보를 보면 주보에 환우 명단에서 그의 이름을 발견하게 됩니다. 거기서 어느 정도 시간이 지나면 천국에 가셨습니다. 라는 광고에서 그 이름을 발견하세 됩니다. 그를 위헤 슬퍼하는 시간은 얼마 되지 않습니다. 간단한 몇 가지 마지막 삶의 절차를 통해 우리 곁을 떠나가게 되는 것을 봅니다. 그래서 오늘 손을 잡고 인사를 하는 누군가가 있다면 귀하고 귀한 존재입니다.

내일을 알 수 없는 불안한 존재가 우리기에 손을 잡은 누군가가 우리에게 힘이 되기 때문입니다.

혼자서 삶을 산다는 것은 무서운 것입니다. 힘이 드는 것이고. 그래서 삶이 힘들면 삶과 정면대결을 하지 못하고 곁길로 빠져드는 경우가 있게 됩니다. 주변에서는 정작 그렇게 해서는 안 된다. 그 길을 가서는 안 된다고 충고를 해 주지만 이길 자신이 없어 그만 다른 길로 새어 버리고 마는 것입니다. 불합리한 것, 합리적으로 설명될 수 없는 것이 우리 인생입니다. 하지만 차원이 다른 높은 삶을 살아가기 위해서는 내가 가진 한계를 깨뜨려야만 합니다. 그렇지 않고서는 안주할 수밖에 없고 그 자리에서 썩을 수밖에 없습니다.

우리는 한 시대를 풍미하고 자신의 분야에서 독보적인 존재가 된 사람들을 알고 있습니다. 하지만 그들이 흘렸던 피와 땀에 대해서는 알지 못하는 경우가 대부분입니다. 얼마나 괴로워했을까? 때론 구석진 변방에서 얼마나 스스로를 자괴하며 자신을 파괴하였을까요?

무엇에 미치지 않고서는 이 따분한 세상을 어떻게 살아갈 수 있을까요? 우리는 무엇에 미쳤다는 존재를 이해해야하며 그 삶을 인정해 주어야 합니다.

가는 길이 험하다고 우울해 하며 피하거나 도망가지 마십시오. 도리어 그것을 마주해서 즐기고 싸우고 그것을 뛰어 넘으십시오. 그러자면 미칠 수도 있을 것입니다. 어느 정도 미쳤다고 주변 사람들이 이야기 할 때 그대는 그대가 원하는 항구에 가 닿을 수 있을 것입니다.

어차피 인생은 한 편의 전쟁입니다. 나만의 전쟁. 훌륭한 장수는 한 번 빼었던 칼을 사용하지도 않고 칼집에 넣지 않습니다. 또 칼끝을 땅을 향하게 하지도 않습니다. 휘둘러야 합니다. 나에게 주어진 내가 처리해야할 숙명적인 것들을 향해 칼날을 날려야 합니다. 그것이 비록 대단한 것이 아니라, 단순한 것이라고 하더라도 말입니다. 내 인생에서 해결하고 넘어가야 할 것들은 날리고 전진해 나가야 합니다.

삶은 갈등입니다. 끊임없이 나 자신과의 전쟁, 그리고 나 자신과 타인과의 갈등입니다. 갈등이 없다면 인생은 아무것도 아닙니다. 갈등 속에서 인간은 외로움을 느끼며, 한계를 느끼며 연합의 즐거움과 사랑의 고귀함을 배웁니다. 길이 험하다고 피하지 마십시오. 그대가 가는 인생길은 어차피 싸워서 이기고 넘어야 할 운명의 길입니다.

올
무

드라마에 보면 "그래! 그렇게만 해봐, 나는 그럼 죽어
서라도 너를 저주할거야" 라는 말이 종종 나옵니다. 무
섭기도 섬뜩하기도 합니다. 이 말을 듣는 사람은 과연
어떨까?

타인을 저주하는 일에 대해 생각해 봅니다. 하지만 그
보다는 나를 저주하는 편이 좋을 것입니다. 못난 너 보
다 더 못난 나, 병신 같은 너 보다 더 등신 같은 나, 라
고 하는 편이 좋을 것입니다. 하지만 인간은 어리석게
도 나를 저주하는 것이 아니라, 존중해야 할 타인을 저

주하는 일을 더 쉽게 하고 있습니다.

누가 누구를 저주한다는 것은 부질없는 일입니다. 남을 저주한다고 하여 티끌만큼도 그를 상하게 할 수 없습니다. 오히려 그 저주는 자신의 심장에 치명적인 상처를 남기게 됩니다. 남을 저주하는 것은 자신을 저주하는 것입니다. 하지만 사람들은 이런 간단한 이치를 모르고 살아갑니다.

젊고 앞길이 창창한 젊은 사람들이 남을 저주하는 것을 하지 않았으면 좋겠습니다. 차라리 부족함이 많은 자신을 먼저 인정해야 하는 것을 익혀야할 때임을 알게 되면 좋을 것입니다.

남을 저주하는 일은 자신을 천 갈래, 만 갈래로 찢어발기고 스스로 사망의 늪에 갇히게 하는 일입니다. 나를 가두고 나를 늪에 몰아넣고 나를 죽이는 일이 남을 저주하는 일입니다. 당신은 지금 어떤 시간을 가지고 있습니까? 자신을 살리는 시간을 보냅니까 아니면 스스로를 죽이는 시간에 갇혀 살고 있습니까?

버
스
정
류
장

한 때 걷는 재미에 빠져 살던 날들이 있었습니다. 쉬는 날이면 10~20km 걸었지요. 버스를 타고 지난번 걷다만 길로 가서는 다시 걷곤 했습니다. 아무것도 없을 것 같은 마을에서 오지 않는 버스를 기다리며 한 시간 두 시간은 예사로 기다려야 했습니다. 오지 않는 버스를 기다리느라고 텅 빈 정류소 나무의자에 앉거나 누워 있기를 한 두 번 한 것이 아닙니다.

한번은 파주 어느 마을에서 2시간 가까이 버스를 기다리면서 문득 삶도 오지 않는 버스를 기다리며 세월을 보내고 있는 것은 아닌지 생각을 하게 되었습니다. 살면서 이룰 수 없는 일을 만들고자 기다리고, 스스로에게 지나치게 과분한 일을 기대하며 기다리고 있는 것은 아닌지 생각을 하게 되었던 것입니다. 오지 않는 고도를 기다리듯 오지 않는 것들을 기대하며 기다리면서 지금을 허비하고 있지는 않은지 생각을 했습니다. 어쩌면 그것이 인생일지도 모른다는 생각을 했습니다. 하지만 기다리는 일조차 삶에게 없다면 너무 외로워 살아 갈 힘을 얻지 못했을 것이라고 생각합니다.

나는 인생이 한 방이라는 말을 믿지 않습니다. 우리는 살면서 수 없이 많은 시도를 하며 기다리기를 반복합니다. 그 수많은 시도로 날리는 주먹 중에 하나가 맞아 역사가 다시 쓰여 지는 것이 아닐까요.! 그러니 시도를 안 할 수도 없습니다. 수많은 시도를 하고 기다려야 하는 것이 인생의 일입니다.

어쩌면 우리 대다수는 늘 변방에 있는지 모릅니다. 남들이 세상의 중심에 나아가 큰 소리를 치고 있을 때 변방에서 변죽만 울리면서 어려운 처지를 괴로워하는지도 모릅니다. 내 목소리, 내 삶은 어디에도 없었으며 타인에 의해 규정지어지는 그런 피동적인 불안한 삶이 있을 뿐입니다. 그래서 우리는 한없이 불안해합니다.

우린 일상의 한가운데서 진땀을 흘리며 바짓가랑이가 찢어지는 줄도 모르게 달리며 살아갑니다. 하지만 결과는 기대할 만한 것이 못되는 경우가 허다합니다. 이것이 슬픈 이력이기도 하지만 최근에 와서는 기다리는 일에 이골이 나서 잘 기다리는 일이 인생의 성공을 좌우한다는 그런 생각을 하게 되었습니다. 사는 것의 대부분이 기다리는 일이라면 잘 기다리는 것이 인생의 성공을 가져다주는 것이 아니겠습니까?

그리고 또 한 가지. 이제는 무작정 기다리기만 하는 것 보다는 기다리는 시간에 한 걸음이라도 움직여야겠다는 생각을 하게 됩니다. 한 방에 목숨을 걸고 무작정 기다리기보나 내 삶의 개선을 위해 조그만 한 발자국도 땅에 발을 내 딛는 것이 얼마나 소중한 것인지 배울 수 있습니다.

우리는 잘 기다려야 합니다. 나는 잘 기다릴 것 입니다 그리고 어쩌면 기다리지만 않을 것입니다. 내가 원하는 곳, 가 닿고 싶은 곳을 향하여 그것이 비록 미미할지라도 한 걸음 한 걸음 걸음마를 시작해야 할 것입니다.

남은 자

사람은 누구나 죽음을 맞이해야 합니다. 지금 생각해
보니 적지 않은 사람들이 내 곁을 떠난 것을 깨닫게 됩
니다. 한 공간, 한 시절을 같이 살다가 먼저 세상을 떠
나고 같은 곳에서 사회생활을 하다 떠난 사람들도 있습
니다.

사람들 대부분이 한 곳에 정착하기를 바라지만 의외
의 사람들은 지금의 자리를 벗어나 멀리 어디론가 떠나
고 싶어 하는 욕구를 가지고 있습니다. 떠나는 것도 다
개인 사정입니다. 누구에게 좋은 이곳도 떠나는 그에게

는 참지 못할 곳임을 알게 됩니다.

나는 가끔 이곳을 떠나는 것이 나 자신을 포함한 다른
이들에게도 좋겠다는 생각도 합니다. 그래서 새벽 강에
나가 하늘을 향해 이곳을 떠나게 해달라고 수없이 소리
쳐 외치기도 했지요. 하지만 매년 번번이 나는 떠나지
못하고 눌러 앉아 이제는 체념에 가까운 상태가 되었습
니다. 물론 여기도 나에게는 과분한 곳이지만 그래도
누가 될까봐 이곳을 떠나야겠다는 결심을 하게 되는 때
도 있습니다.

정작 그럼에도 불구하고 내가 그렇게 떠나고 싶었던
그 자리를 떠나지 못한 채 다른 사람이 매년 떠나가는
것을 보고 속으로 마음이 아플 때가 많습니다. 그럴 때
나는 그들을 정말 축하해 주고 싶었습니다. 그것은 그
들이 떠나고 싶은 마음이 나보다 더 간절했을 것입니
다. 어디 그것만 그런 것입니까? 가고 싶다고 생각했을
때 자신이 원하는 곳으로 갈 수 있다는 것은 실력도 있
다는 말이 되겠지요. 이래저래 자리를 잡아 떠나간다는
것은 축하해야 할 일입니다. 하지만 떠나가는 자들에게

웃으며 손 흔들어 주지만 떠나가는 사람들만큼 간절하
지 않았기에 나는 슬픈 자 입니다.

무
기

누구나 세상을 살아가는 데에는 자기만의 노하우가 있을 것입니다. 그 노하우가 무엇입니까? 무슨 비법이 있을 것입니다. 누구도 아무런 대책도 없이 세상을 살아가지는 않습니다. 나에게 있어 세상을 넘어가는 비법을 묻는다면 그것은 끝까지 사랑하고 끝까지 선할 것이라는 다짐 외에는 없다고 말할 것입니다.

나는 돈이 많은 것도 아니며 인품이 훌륭한 것도 아닙니다. 내가 할 수 있는 것은 달리 다른 비법도 다른 방도가 있는 것도 아닙니다. 나는 길을 가며 만나는 사람들과 만나는 일 앞에서 끝까지 선하고 끝까지 사랑하며 가야겠다는 그 다짐과 결심 외에는 내가 할 수 있는 것이 아무 것도 없다는 것을 알고 있습니다.

우린 끝까지 선해야 합니다. 우리는 처음부터 악할 수가 없는 존재입니다. 악한 것을 아무나 악하게 할 수 있나요? 악해지려면 그만한 악을 지니고 가져야 할 것이며, 악한 행실을 해야 하며 악으로 가득 찬 마음을 먹어야 합니다. 우리의 부모, 교육, 이웃, 친구들은 그렇게 악하게 만들지 않습니다. 나도 그렇습니다. 그래서 나는 악해지려고 해도 도무지 악해 질 수가 없는 그런 존재입니다. 그러니까 내가 선택할 수 있는 것은 오직 선을 행하는 도리 밖에는 없습니다.

그리고 우리는 끝까지 사랑할 수밖에 없습니다. 미워하는 일은 힘든 일입니다. 아무나 미워하는 미움이 가득해야 미움을 낼 수 있는 것인데 그만한 미움을 몸에 채워둘 수가 없었습니다. 그러니 이래나 저래나 사랑하며 살아 갈수 밖에 없는 그런 존재입니다.

언제까지 선하며 언제까지 사랑을 할 것인가? 목숨 끝나는 순간까지 선할 것이고, 사랑할 것입니다. 일관성을 가지고 끝까지 그렇게 나아가야 합니다.

소
풍

　서울을 떠나 파주로 이사 간 일을 참 잘했다고 생각합
니다. 지리적으로 서울과 경기도 파주 사이고 거리상으
로 30KM가 넘지만 시간적으로는 50분 정도면 직장에
서 집까지 닿을 수 있습니다. 경의선을 타고 홍대구간
을 지나면서 쾌재를 부릅니다. 서울이여, 나를 구속하
던 직장이여 안녕하고 말입니다. 그리고 이내 소풍가던
초등학교 시절의 유년으로 돌아가서 설레는 마음을 가
지게 됩니다.

　나는 퇴근을 하면 경의선 홍대 역에서 전철을 타고 파

주 금릉 역에 닿는데 40분이면 충분합니다. 금릉 역에서 내려 10분을 걸으면 집에 당도할 수 있습니다. 경의선은 홍대를 지나는 가좌역을 지나면서 지상 구간을 달리게 됩니다. 경의선이 서울과 고양시와 파주의 경계를 지나는 동안 기차 길 양편으로 눈부신 들과 강과 산들을 볼 수 있습니다.

나에게는 40중반에 낳은 어린 늦둥이가 있는데 지금은 초등학생 입니다. 내가 금릉에 도착할 때쯤이면 그 아이가 종종 마중을 나오는데 아이를 만날 것을 생각하면 열차를 타고 집으로 가는 것이 나는 소풍가는 기분입니다.

집으로 들어가 보아야 별 일이야 있겠습니까. 저녁을 먹으며 텔레비전을 보다가 쓰러져 눕고 다시 일어나 출근길로 나서는 것이 고작일 것입니다. 어찌 보면 일상이 있고 희망이 적은 그 집을 향해 달려가는 것을 하루의 희망으로 여기는 내가 우습기도 합니다.

하지만 세상에 이렇게 아름답고 소박한 귀가가 또 어

디에 있을까 합니다. 나는 내 일상을 감사하게 생각하고 있습니다. 천만금을 주고도 살 수 없는 소중한 귀가 길이 아닐 수 없습니다. 내가 탄 경의선은 백마, 풍산, 일산, 탄현, 야당, 운정을 지나 내가 내리는 금릉에 당도하게 됩니다. 누가 알아나 주겠습니까. 일산, 탄현, 야당, 운정 같은 아름다운 동네의 이름을 말입니다.

금릉에서는 공릉천을 볼 수 있습니다. 강원도에서부터 발원한다고 알고 있는데 고양시를 지나 파주로 넘어와서 한강으로 떨어져 서해 바다로 흘러들어가는 사행천 입니다. 공릉천은 마치 뱀이 몸을 흔들며 가듯 그렇게 구불구불 몸을 흔들어 기어이 한강으로 들어가 생명을 찾습니다.

이곳에서 철새들이 무진장 찾아와서 노니는 모습이 보기가 너무 좋습니다. 나는 그 철새들의 유영을 바라보면서 금릉에 내려 달려오는 내 딸아이를 품에 안으며 얼싸안고 춤을 추기도 합니다. 얼마나 행복한 귀가입니까. 내가 아는 친구들 중에는 사업을 하다가 잘못된 친구도 있고 정치를 하다가 죄인의 몸이 된 친구도 있습니다.

한 때 그들은 내 평범한 일상을 비웃기도 했지만 나는 이 평범한 일상 속에서 생명이 있음을 알았습니다. 내가 만약 그들의 길을 걸어갔더라면 지금쯤 벌써 망하고 말았을 것입니다. 작은 것의 소중함, 평범한 것의 소중함을 몸소 체험하면서 하루를 살아가고 있습니다.

하늘에는 별이 있듯이 지상에는 별처럼 빛나는 가족들이 있습니다. 말 할 수 없이 소중한 것들, 나를 존재하게 하는 힘의 근원이 되는 것은 바로 가족입니다. 나는 오늘도 소풍 같은 귀가를 하며 그들의 이름을 조용히 불러봅니다.

너
를
세
울
자

내 주변에는 큰 사업을 하다가 망해 이리저리 전전하
다가 결국 대리운전을 하는 친구가 있습니다. 그와의
만남은 자유롭지 않습니다. 새벽까지 차를 운전하고 다
니다보면 잠을 자고 일어나는 시간이 정오나 오후 1시
정도 되어야 통화가 가능하기 때문입니다. 그는 어느
덧 야행성 동물저럼 생활하게 되었습니다.

한번은 그 친구와 금촌 네거리 주꾸미 집에 앉아 콜
을 기다리며 이야기를 하고 있었습니다. 어제는 새벽
에 장릉으로 들어갔다가 돌아올 차편이 없어 차가운 겨

울 새벽길을 울면서 나왔다는 이야기를 들려주었습니다. 파주에는 아직 옛날 마을이 많습니다. 능만 해도 3개나 있고, 들어가면 나오기가 힘든 곳도 5개나 있습니다. 그래서 기사들 사이에는 3능 5골로 운전해 들어가는 것을 싫어하며 어쩔 수 없이 그리로 들어가면 그 길로 그 날은 종치는 것으로 이야기를 합니다.

울면서 장릉 길을 걸어 나왔을 친구를 생각해 봅니다. 촘촘한 삶의 그물에 걸려들어 옴짝 달 짝 할 수도 없는 그 친구의 삶에 대해서 말입니다. 그래도 친구는 할 말이 없습니다. 밤새 술에 젖은 술통들을 싣고 다니지만 그들이 자기보다는 실력이 나은 놈들 이라며 부러워했습니다. 대리 운전을 하는 자기보다 실력과 환경과 사정이 나아서 그렇게 뒷좌석에 기대어 자기를 부리고 다닌다 합니다. 숨이 턱턱 막혀오는 친구를 생각하면서 나는 목도리 하나를 사서 친구에게 보냈습니다. 콜을 받자면 입김을 내면서 겨울 거리를 달리고 달려야 할 친구를 생각하면서 말입니다.

이제 더 이상 떨어질 곳이 없는 친구를 보면서 감사함

과 애틋함이 밀려옵니다. 지금의 평범한 내 삶에 감사하며 목도리 하나 선물할 수 있는 여유가 있음에 감사함을 느낍니다. 그리고 나는 그 친구가 내가 사준 목도리를 걸치고 목이라도 보전하면서 달려주기를 기대합니다.

삶의 밑바닥에서 친구를 건져낼 사람은 아무도 없습니다. 오로지 자기 자신의 몸을 데우고 스스로 달려 그 구렁텅이로부터 밀고 올라오는 방법이 최선임을 끝까지 버터주면 좋겠다고 생각하면서 말입니다.

잔
고

아내는 간혹 식사하는 도중 던지는 말이었습니다. "애들아, 너희 아빠는 모든 게 다 좋은데 돈 버는 재주 하나는 아주 젬병이다" 고 말입니다. 농담 반 진담 반인 그 말에 나의 자존심에 금이 간 적이 한 두 번이 아닙니다.

저녁을 먹고 나면 나는 공릉천 둑길을 따라 하상이 넓어지는 한강 어귀까지 가봅니다. 강 끝에 다다를수록 갈대숲이 지천인데 추수를 마친 겨울들녘이 고요합니다.

사람은 다 0에서 시작하는데 왜 마이너스인지 모를

때가 있습니다. 돈이 나를 피하는 건지 아니면 내가 돈을 피해 다닌 것일까요. 양지 바른 곳에 앉아 졸면서도 나는 자책을 하곤 합니다. 돈을 벌려면 세상 속으로 들어가야 하지만 용기가 없이 사람들을 피해 보이지 않는 숲으로 달려가곤 했습니다. 돈을 만지려면 세상 속으로 나가야하겠는데 세상을 등진 채 강물을 따라 흘러왔습니다. 용기 내어 세상으로 들어가야 하지만 갈대숲과 물 위에 앉은 철새를 노래하는 일, 빈 들녘에 쏟아지는 햇살을 노래하는 일, 이것이 돈이 될 수는 없을까를 궁리해 봅니다.

두려운 것이 없어야 바닥을 드러낸 나 자신을 보는 것도 두렵지 않습니다. 세상을 향해 나아갈 수 있도록 외로워도 준비해야 합니다. 오늘, 도망보다 맞서는 용기를 내어보기를 추천합니다. 그래야 굽이굽이 돌아서 바다로 흘러들어 생명을 열고야마는 사행천의 억척스러움을 닮아 조금씩 비어있는 잔고를 채울 수 있을 것입니다.

눈
꽃
나
무

살면서 죄를 짓지 않고 사는 사람은 없을 것입니다.
차라리 죄가 있는지 없는지를 질문하는 것 보다 죄를
얼마나 짓고 살고 있는지 물어 보는 것이 맞을 것입니
다. 혹시 나라는 존재가 살아가기 위해 타인에게 많은
죄를 짓고 있지 않은지, 그것으로 내 삶의 값을 매긴다
한다면 우리는 누구나 대가를 지불한 삶이어서 함부로
살 수가 없다는 생각이 듭니다. 역설적으로 들릴지 모
르지만 우린 수십 번 , 수백 번 느끼고 있지 않아도 도
움을 받고 살고 있습니다. 하지만 이를 대부분 제대로
갚지도 못하고 살아온 날이 많습니다.

나라는 사람 역시 다르지 않습니다. 홀로서기를 응원하기 위해 도와 준 많은 사람들에게 떳떳한 삶을 보여주지 못했음을 고백합니다. 특정인과 관계를 맺지 못하도록 하는 내규를 알면서도 특히 대장암 3기의 와병 중에서도 한 번도 아닌 두 번씩이나 〈어머니의 전쟁〉과 〈언젠가는 엄마에게〉라는 책을 추천해 주신 이 수녀님과 같은 선배문인들이 생각납니다. 그 분들은 나에게 있어 성자나 마찬가지였으며 그들의 삶은 고결했습니다.

눈 내린 겨울날 아침이 이렇게 화려하고 화사한 줄은 정말 몰랐습니다. 겨울의 날들이 이렇게 아름다운지는 몰랐습니다. 두 팔 벌리고 서 있기만 해도 하늘에서 내린 눈으로 지상에서 가장 아름다운 꽃들을 피운 것을 보는 일이 좋았습니다. 그리고 눈꽃은 세상에 왔음을 기뻐할 겨를도 없이 볕이 들면 자신을 허물어 내릴 줄을 알기에 또한 눈꽃의 매력이 있습니다.

눈꽃이 아름답다는 생각이 들면서 오늘의 내 삶이 이내 서럽지 않음을 알게 됩니다. 바르게 서 보겠다고 발버둥치는 나를 위해 지원과 사랑을 아끼지 않은 사람들을 생각하면서 나는 감사함으로 가슴이 먹먹해 집니다. 그들은 눈처럼 깨끗하고 밤하늘의 별빛처럼 빛나며 그들의 높은 위치에도 불구하고 사슴처럼 순수한 존재들이었습니다.

나는 그들을 생각하면 나를 위한 사람들이 있기에 더 겸손해져야 되겠다고 생각합니다. 때론 사는 일이 힘들어 숨어서 소리죽여 울더라도 함부로 눈물을 보여서도 안 될 것입니다... 그렇게 해야 제대로 사는 길임을 알기 때문입니다.

약
한
자

　모두 다 그런 것은 아니지만 일반적으로 약한 것들은
늘 일방적인 면이 있습니다. 그것을 나무랄 일이 아니
며 강한 자나 여유가 있는 자가 너그러이 이해해 준다
면 좋겠습니다. 세상에 약한 것 들은 목소리가 들리는
전화를 하기 보다는 은밀히 숨어서 문자를 보내는 것을
좋아합니다. 직접 만나서 표정을 보면서 서로 이야기를
주고받기 보다는 늦은 밤까지 잠 못 이루고 혼자 긴 편
지를 쓰는 것을 좋아합니다.

　다 그런 것은 아니겠지만 세상의 약한 것들은 절차를

무시하곤 합니다. 그들은 강자처럼 느긋하게 기다릴 여유가 없기 때문입니다. 약한 것들은 늘 목이 말랐고 어디론가 가기위해 끝없이 스텝을 밟아 대는 것들이기도 합니다.

 세상의 약한 것은 늘 길 위를 걸어야 했으며 서성거렸으며, 늦은 시각까지 쉽게 잠들지 못한 채 하루에도 몇 번 씩 성을 쌓고 또 무너뜨리기를 반복합니다. 또한 자신들이 세상을 향해 사람들을 향해 수없이 날리는 잽 중의 하나에 기적이 일어나기를 꿈꾸고 있습니다. 하지만 약한 것들에게도 장점이 있다면 지치지 않고 계속 달릴 수 있는 일관성이라고 이야기 하고 싶습니다.

 사람들에게는 한 때 누구나 약하지 않았던 적이 없습니다. 약한 그대여, 오늘이 힘들면 오늘을 몹시 슬퍼하며 울어도 좋습니다. 하지만 포기는 금물이며 믿음을 간직하며 살아야 하는 것은 필수라는 것을 믿어야 합니다. 언젠가는 나도 강한 것이 될 수 있다는 믿음 말입니다.

2장

볼 수 없는 것

지나간 것들이 주는 울림

앎

기
다
림

성공이 뭐 별거냐고, 삼시세끼 밥 굶지 않고 기어서라
도 들어가고 나오더라도 기거할 집이 있고 밥 먹고 살
직장이 있으면 성공한 거라고 어머니가 하신 말씀이 기
억이 납니다. 그리고 살며 용기를 잃지 않으면 좋은 날
이 올 것이라 믿으면 언젠가는 성공도 찾아 올 거라는
부모님의 말씀이 새삼 뼈저리게 느낍니다.

천천히 인생을 생각해보면 무엇이든 간절히 원한다
고 해서 내 마음대로 이루어지는 것이 아닌 것을 알게
됩니다. 이루어지지 않는 것들에 대해 집착하며 추구하

다보면 삶이 힘들게 되는 경우가 많게 됩니다. 살다보면 싸울 때가 있고, 이해할 때가 있고, 헤어질 때가 있고, 명예를 얻을 때가 있고, 그것을 허물 때가 있습니다. 내가 원한다고 하여 세상만사가 내 뜻대로 되지 않는다는 것이 인생을 사는 묘미인 지도 모르겠습니다.

시기와 때를 잘 분별하며 침착하게 기다리는 것이 절반은 성공하는 길이라고 믿게 됩니다. 우리가 조급해질수록 잃어버리는 것이 더 많아지게 됩니다. 땅도 사놓고 오랜 시간을 기다리면 효자노릇을 하게 되듯이 삶의 모든 순간도 어느 정도 익을 대로 익는 숙성의 기간이 필요합니다.

우리는 자신과 관련된 일이나 사건이 있을 때 미리 결과를 알아보기 위해 동분서주 하는 일이 다반사 입니다. 하지만 모든 것을 섭리라 여기며 더 이상 그런 일에 매달리지 않았으면 합니다. 필요하지 않으니까, 별스런 일이 없으니까 연락이 오지 않은 것이라 여기는 것이 좋습니다. 필요하다면 언젠가 반드시 연락이 다시 올 것입니다.

모든 일에는 다 때가 있습니다. 잘 기다리기만 해도 그 때를 맞을 수 있습니다. 나는 서둘러서 도리어 일을 망치는 경우를 많이 보았습니다. 돈이 없고, 명예가 없더라도 우리에게는 세월이 있습니다. 한 눈 팔지 않고 열과 성을 다하여 열심히 살다보면 대부분의 원하는 일들이 세월을 지나오는 동안 소소하게나마 이루어지는 것을 봅니다. 그러니 세월이 구세주인 셈입니다.

상황이 안 좋을 때는 언젠가 형편이 좋아질 것이라는 믿음을 가지고 세월을 견디면 됩니다. 나를 버리고 떠난 사람도 언젠가 세월이 지나면 다시 돌아올 날이 있을 것이라는 믿음을 가지고 살아가면 됩니다.

산다는 것은 기다리는 것입니다. 오지 않는 사람이 오게 되기를, 이루어지지 않는 일이 이루어지기를, 벌리지 않는 돈이 벌리기를, 그렇게 기다리고 또 기다리며 여기까지 왔듯이 가야 합니다. 기다리는 일은 외롭고 쓸쓸합니다. 어떨 때는 계속 반복되는 기다림에 무릎을 접고 싶을 때 가 있고, 우울해지는 경우가 많습니다. 하지만 삶은 결국 기다림이고 속임수인지 모릅니다.

오지 않는 무엇을 기다리는 것. 이것이 삶의 비밀이고 핵심인지 모르겠습니다. 그래서 잘 기다리는 것은 삶에서 아주 중요합니다. 잘 기다린다는 것은 무엇인가요? 호들갑을 떨지 않고, 안 좋은 일이 생기더라도 섭리로 여기며 결코 포기하지 않으며 희망을 가지고 세월을 넘어가는 것입니다. 그러는 사이 어느새 성공은 우리 곁에 찾아와 있게 될 것입니다. 일의 성취도 중요하지 만 잘 기다리는 것도 절반 이상의 성공입니다. 터널은 통과하는 동안은 어두침침하고 답답하지만 반드시 그 끝이 있습니다. 너무 우울해하거나 거기에 휘둘릴 필요가 없습니다.

형
용
사

　언제부터인지는 몰라도 나는 형용사를 사용하는 것
을 꺼려하게 되었습니다. 형용사는 없어도 되는 것, 사
치스런 것으로 느껴지는 것이 여유롭지 못한 삶 때문인
지 모릅니다. 아니면 일상의 모난 순간을 넘기고자 언
어의 잔치를 가소롭게 여기게 만든 것인지도 모르겠습
니다.

　형용사는 없어도 크게 문제가 될 것이 없습니다. 어떤
때는 형용사가 없는 것으로 인해 문장의 뜻이 더 명료
하며 강력하게 전달이 되는 경우도 많습니다.

최근 일 때문에 알게 된 한 남자가 있는데 나는 그 남자의 매력에 흠뻑 빠져 있습니다. 그 남자는 말을 잘 하지 않습니다. 가끔 말을 시키면 마지못해 억지로 말을 하는데 주어와 동사만 있습니다. 아니면 동사만 있던지 아무튼 그런 식입니다. 그는 언어에서 군살을 아주 잘 베어내어 꼭 할 말만 하는 사람입니다.

살아오면서 말을 절약하고 말에 군더더기나 형용이 없으며 간단명료하고 진실한 말을 사용하는 사람이 제대로 된 사람이라는 것을 알게 됩니다. 물론 이렇게 된 데에는 셀 수 없이 많은 말들이 필요 없이 오고 갔다는 반성과 말의 무용성을 뼈저리게 경험을 하였기에 이루어진 품성일 것입니다. 말로 인해 오해를 받는 일을 자주 보다보면 듣는 귀는 열어두되 말하는 입은 봉해 버리고 싶을 때가 많습니다.

경상도 사나이들이 집에 들어오면 딱 세 마디만 한다고 합니다. '잘 있었나?, 밥 묵었나? 자자!' 입니다. 어찌 생각해 보면 경상도 사나이들이 꽤나 매력이 있는 사내들이라는 생각이 들기도 합니다. 말로 되는 세상이 아닙니다. 그러니 말을 아낄 수밖에 없습니다. 말이 필요 없고 모든 것은 행동으로 보여주면 됩니다.

내가 쓰는 말과 글에서 형용사를 없애는 노력을 하는 것이 어떨지 싶습니다. 그것이 내 삶에서 장식적인 요소와 소비적인 요소를 없애는 일임을 알기 때문입니다.

형용사를 잘 쓴다고 해서 출세하는 것도 잘 사는 것도 아닙니다. 오히려 사고와 문제를 불러 올 뿐이라는 뼈저린 반성이 많습니다. 나는 형용사를 좋아하지 않습니다. 삶의 가식을 도려내고 삶의 본질에 더 가까이 다가서고 싶기 때문입니다.

경청

한 남자를 알고 있었습니다. 그는 늘 내게 와서 자신의 어려운 처지를 말하며 자신을 도와 달라고 말한 적이 한 두 번이 아니었습니다. 그는 습관적이었고, 너무나 적극적이어서 사람들이 다 도망을 칠 정도였습니다. 그는 막판에 몰려 있는 듯 부끄러움도 없는 듯 했습니다. 내가 그런 경험을 한 적이 있어서인지 나는 습관적인 그의 말에 귀를 거의 닫아 놓고 살았습니다. 하지만 소귀에 경을 읽는 일이 반복되자 소의 귀가 어느 순간 뻥하고 뚫려 버리는 날이 있었습니다.

그날도 그 사람이 내게 와서 자신의 어려운 처지를 집요하게 주입시키고 도움을 요구하는 자리였습니다. 문득 나는 어떻게 생각해 보면 이 자나 나나 큰 차이가 없는 사람이라는 생각이 들었습니다. 내가 지금은 그보다 나은 자리에 있지만 한 순간 잘못되면 그보다 더 어려운 자리로 떨어질지도 모른다는 생각이 갑자기 드는 것이었습니다. 오늘은 내가 이렇게 멀쩡하지만 사람은 내일을 알 수 없다는 생각이 들면서 나는 그 남자의 말이 들리기 시작했습니다.

그 이후부터 그 남자를 다시 대하게 될 수 있었습니다. 친구처럼 그의 말을 들어주고 그를 위해 어떤 조그만 도움이라도 되고자 몸부림을 치는 입장이 되었습니다. 그러고 나니 내 마음이 훨씬 가볍고 편했습니다. 인간에게는 양심이 있어 선한 일을 하고 나면 보람이 생겨서 좋았습니다.

겸손한 마음을 가지는 것이 많은 가능성과 관계를 만든다는 것을 알게 됩니다. 오만한 마음, 편협한 마음을 버리고 모든 사람들의 입장과 처지를 널리 경청하는 것이 중요하다는 것을 알게 됩니다.

우리는 하늘의 별도 보고 가슴으로 그 아름다움과 신비를 느끼는 존재들입니다. 그와 마찬가지로 사람이 하는 말을 잘 알아듣고 그가 무엇을 원하는지를 파악하는 일은 살면서 가장 중요한 일이 아닐까요. 사람이 사람 말을 알아듣는 것 보다 더 중요한 일이 어디에 있겠습니까? 이처럼 내 삶을 편안하게 더 윤택하게 할 수 있는 것이 또 무엇이라는 말입니까.

타인의 말을 잘 알아듣고 대처하는 법이 우리의 삶을 천국으로 만드는 조그만 실천의 첫 걸음입니다. 상대의 말을 들으려면 남이 나 보다 나은 사람이라는 겸손한 마음이 있어야 합니다. 이것은 인간에 대한 기룩한 이해에서 비롯됩니다. 또한 다른 사람을 불쌍하게 여기는 마음을 가져야 가능한 일입니다. 다른 사람의 말이 들리기 시작하면 만사가 풀리는 놀라운 기적을 경험하게 될 것입니다.

반
전

나는 매일 아침 파주에서 서울로 출근을 하고 있습니다. 남들은 먼 곳에서 다닌다고 나를 걱정을 해 주지만, 출퇴근의 재미가 아주 쏠쏠합니다. 최근 파주 DMZ 평화누리 길을 걸으며 파주의 오지를 다 돌아보고 나서는 갑자기 파주가 좋아지기 시작했습니다.

경의선이 중앙선과 연결되어 곳곳이 개발되어 홍대 부근에서 파주, 금촌으로 들어오는 길은 완전히 소풍길입니다. 문산행 경의선이 좋은 것은 전철이 가좌를 벗어나면서부터 지상구간을 달리게 되는 것입니다. 퇴근

시간 집에 기다리고 있을 가족을 생각하며 전철을 타고 가면서 고양시와 파주시의 경계를 가르고 달리며 들판을 보는 일은 즐거움 그 자체입니다.

그렇게 모든 순간이 다 좋은 것만은 아닙니다. 가끔씩 괴로울 때가 있습니다. 출근 할 때가 그렇습니다. 서울로 나가는 전철을 기다리는 동안 반대편 문산으로 가는 열차가 들어온다는 열차 안내 방송이 나오면 갑자기 반대편으로 건너가 문산행 열차를 타고 들어가고 싶어지는 충동이 생깁니다. 정말 그런 마음이 굴뚝같지요.

돌이켜보면 누구의 삶이든지 자기 마음대로 살아온 세월이 대부분일 것 입니다. 나 역시 마찬가지입니다. 내 팔을 내가 흔들고 마음대로 삶을 계획하고 실천해 보았지요. 하지만 그 삶에는 마이너스가 여기저기 남게 되었습니다. 그래서 삶에 대한 고민이 깊기만 합니다. 나름대로의 최선의 일의 결과가 어쩔 때는 쓸모없게 되어 참담함만 남게 되기도 합니다.

이럴 때면 차라리 반대로의 삶을 살았다면 현재의 삶

보다는 더 나았으리라 하는 생각을 해보게 됩니다. 지금이라도 모든 것을 정반대로 해보고 싶어집니다. 거꾸로 달려가 보고 싶어집니다.

복잡한 서울 도심의 길을 걷는 것 보다, 한적한 변방의 길을 걷는 것이 더 많이 나를 돌아보게 합니다. 문산은 유일하게 철책선과 도시가 공존하는 그런 곳이고 전철을 타고 갈 수 있는 마지막 도시입니다. 서북쪽의 끝인 이곳에서는 더 물러날 곳도 없습니다. 배수의 진을 치기에는 이 보다 더 좋은 훈련장이 없습니다.

거꾸로 달려가 보고 싶어집니다. 오지의 소박한 시장을 걸으며 가까운 개울가와 물줄기를 보면서 상처를 치유하며 도시에 지친 영혼을 위로해 주고자 합니다. 그리고 힘을 내어 다시 내 삶을 향해 거침없이 나아가야 합니다.

신
성
과
수
성

　사람은 꽃보다 아름다우며 꽃은 사람에 비할 바가 아
니라고 많이들 말합니다. 어찌 생각해보면 그럴싸한 이
야기로 들립니다. 사람에게도 색깔이 있고 성격이 있
고, 개성이 있어 정말 어떨 때는 아름답기 그지없다는
생각이 듭니다.

　천사와 악마의 경계를 넘나드는 사람이 변덕스럽고
무서울 때도 있기는 하지만 사람의 인격과 정, 사랑과
용서를 생각할 때 정말 사람은 꽃보다 아름답습니다.
그래서 사람은 나로 하여금 용기를 주고, 사람은 나를

울게 만듭니다. 사람을 만나 지옥을 거닐다가 때로는 천상을 걷기도 합니다. 사람은 여러 가지 소리를 내는 악기입니다. 어떨 때는 짐승이 우는 소리를 내기도 하고, 어떨 때는 천사의 소리를 내기도 하지요.

이런 나의 생각도 잘못되었다는 깨달음이 앞 설 때도 있습니다. 얼마 전 개나리가 지천으로 피고 벚꽃이 함께 어우러진 곳에서 산행을 하다가 해마다 봉우리를 맺고 꽃을 피우는 꽃나무에 비하면 인간이 얼마나 일관성이 없으며 노력하지 않은 존재인가 하는 생각이 들어 부끄럼이 앞섰던 적이 있습니다. 매년 꽃은 엄동설한에 나가 떨며 봉우리를 맺었을 것입니다. 그리고 그 봉우리를 품고 봄이 오면 어김없이 모든 자양분을 올려 지성을 다해 세상을 열었을 것입니다. 그것도 매년 말입니다. 만일 여린 꽃처럼 그렇게 세상을 살아왔다면 인생이 얼마나 화려하고 행복했을까하는 생각이 뇌리를 스쳐갑니다.

이 맘 때면 활짝 핀 꽃을 보는 일이 부끄럽습니다. 꽃보다 아름다운 것은 사람이 아니라, 진정으로 꽃보다 부끄러운 존재가 사람이라는 것을 알게 되었기 때문입니다. 나는 꽃 앞으로 다가서서 꽃을 음미하며 바라보게 됩니다. 사람은 꽃보다 아름답습니다, 하지만 꽃 앞에 서면 부끄러운 존재이기도 합니다.

전 투

누가 뭐래도 생은 전투입니다. 그것도 아주 치열한 전투지요. 싸움이 안 되는 듯 보이지만 물밑으로는 치열한 한 판 싸움이 벌어지는 곳입니다. 그리고 세상을 사는 우리 모두는 전쟁의 용사들입니다. 싸움터에 나온 장수로써 칼을 뽑아 베어 버릴 것은 베어 버려야 합니다. 싸움도 못해보고 칼을 거꾸로 내리고 뒷걸음질을 치거나 우불거리는 것은 바보들이 하는 짓 입니다. 칼을 뽑았으면 결과야 어찌 되건 썩은 무라도 하나 베어야 하는 그런 기상을 보여야 합니다. 그렇지 않으면 이세상을 헤쳐 나갈 수 없습니다. 전투에 나아가기 전에 기선 제압을 위한 싸움은 또 어떻습니까? 그 역시 만만한 것이 아닙니다. 어찌 보면 산다는 것은 평생 기 싸움을 하며 사는 것이라고 말할 수가 있어요. 그렇습니다. 거의 대부분은 기 싸움에서 결판이 납니다.

행주산성을 가보면 임진왜란의 피비린내가 느껴질 때가 있습니다. 생사를 걸고 치열한 전투를 벌였던 그곳에 오르면 마치 그 전투의 장수가 된 기분이 듭니다. 오늘을 살아가는 용기를 배울 수 있어 자주 그곳을 찾아가곤 합니다. 또한 병인, 신미양요에서 이양선을 격퇴하기 위해 혼신을 다해 싸웠던 김포 덕포진 포구를 걸으며 도시의 생존전투에서 싸워 이기기 위한 기를 받곤 합니다. 그곳을 걷고 있으면 무척 외롭습니다. 삶의 변방에서 중심을 향해 돌진하기 위한 마음 자세를 가다듬는 일은 서글프기조차 합니다.

자갈치 시장이나 남대문이나 동대문 시장에서도 전쟁의 역사를 볼 수 있으며 옛날 장수들의 용맹함을 엿볼 수 있습니다. 그래서 나는 시장을 자주 가는 편입니다. 전쟁터를 돌아다니면 배포도 커지고 담력도 키울 수 있기 때문입니다.

세상이 전장이라는 것을 알게 되면 우울증도 달아나 버립니다. 우울해할 마음의 겨를도 없기 때문입니다. 이 전투는 목숨이 다하는 그 순간까지 이어나가야 할 전투입니다.

끝까지 자신을 위해, 가족을 위해 세상의 공의를 위해 부단히 싸워야 할 것입니다. 그리고 전쟁 같은 삶을 살아가는 이 시대의 장수들이 좌절하지 않고 함께 싸워 나갈 수 있도록 기도해야 합니다.

반
성

　언젠가 고향집에 들렀다가 다락방에 올라간 일이 있
습니다. 보따리에 싸져있기도 하고, 무슨 수납함 같은
데 모여 있기도 하고, 책이 모서리 꼽혀 있기도 하건 그
곳에서 먼지가 묻은 서류 다발들을 발견하고는 전등불
을 켜고 두 시간 정도 서류를 훑는 동안 탄식이 절로 나
왔습니다. 무슨 독촉 고지서가 그리도 많은지 독촉이
반복되다가 나중에는 소장이 날아들고 난리가 아니었
습니다. 빛을 피해 새벽길을 고민하고 걸었을 아버지
생각에 나는 다락에서 나도 모르게 두 주먹을 불끈 쥘
수밖에 없었습니다. 어머니는 새벽에 쌀을 빌리러 간

수모를 다 겪었을 것입니다. 그런데도 부모님은 최선을 다해 자식들을 키웠습니다.

  이런 부모님께 늦게나마 미안하고 죄송스런 마음이 떠나지 않습니다. 편하게 해 드리지는 못하고 늘 손을 벌리고 그 분들의 가슴을 아프게 했다는 생각이 들자 기가 막혀왔습니다. 그런 사정도 모르고 고향집 마당 앞 벚꽃나무는 환하게도 피어서 내 가슴을 아프게 했습니다. 나는 반성해야만 했습니다. 더 미치는 일은 이런 내가 부끄러움도 모르고 뻔뻔하게 살아간다는 것입니다. 반성이 되지 않고 매너리즘에 빠져 일상에서 그저 그렇게 허우적거린 내 삶이, 그리고 맹세를 해도 헛된 맹세만 해 대는 내가 미웠습니다.

  이제 다시는 그런 분들을 만날 수가 없습니다. 신이 허락한 단 한분의 부모님이기 때문이었습니다. 이제 내가 부모가 되어 두 딸을 두고 있습니다. 내 딸들이 다락 방에 들어가 해묵은 독촉 청구서들을 보고 탄식을 하지 않도록 살아야 할 입장이 되었습니다. 하지만 나는 아직 그런 자신이 없습니다. 내 두 딸들도 언젠가는 다락

방에서 부모인 나의 무능함과 못남을 자책하며 눈물을 흘리지나 않을까 두렵습니다. 부모님들 보다 훨씬 못한 내가 그 일을 당하지 않기를 바라는 것은 욕심일지 모릅니다.

부모는 자식들로부터 실망의 대상이 되며 고향집은 결국 자식들의 기억 속에서 정리가 되어야 하는 운명을 가집니다. 그것이 세상의 이치고, 순리고, 역사인지도 모르겠습니다. 아무튼 그 날 나는 고향집 다락에 올라가 빚에 시달려 시름하던 부모님 생각에 서럽게 울던 기억이 선연합니다.

회
상

내 기억에 저축이라는 것을 해 본 일이 없습니다. 모을 것이 없었기에 저축할 것도 없었습니다. 늘 빚이었고, 마이너스였지요. 나만 이런가, 아니 우리 집만 이런가? 그렇다면 무엇이 잘못되었는가. 어떨 때는 좀 억울하다는 생각마저 들었습니다.

한 때 평생소원이 빚 갚고 저축하며 살게 해달라는 기도였습니다. 저축하는 삶의 재미를 느끼며 살도록 기적을 베풀어 주시라는 기도를 자주 했습니다. 하지만 뭐가 그리도 잘못 되었는지 기도에 대한 응답이 쉽사리 이루어지지 않습니다. 그래서 그런지 요즘 와서는 은근히 부아도 치밀고 억울하다는 생각이 들기도 합니다. 어디 그것뿐입니까. 뭔가 좀 되었다 치면 그것보다 더 큰 어려움이 찾아와서 앞서 이룬 것들을 다 쓸어가 버리고 맙니다. 그러니 그 아픔이야 오죽했을까요.

그렇습니다. 삶에는 늘 파도가 칩니다. 나에게는 달마다 쳤고, 누구에게는 계절마다 해마다 칩니다. 그래도 파도를 헤쳐 나오느라 혼비백산에 진땀을 흘리면서 여기까지 온 것이 다행이며 대단한 일이라 여겨집니다. 정말 인생은 고해(苦海)입니다. 그래도 모으며 살 수 있다는 기대를 가지고 있으면 좋겠습니다. 반면 조금 더 지나면 그것마저 잃어버리고 체념하며 살게 되는 날이 오지 않을까 걱정이 됩니다. 언젠가 한 번 흔들어 넘치는 그런 날이 올까 기대를 해 봅니다.

이런 기대를 하는 것이 기적을 꿈꾸는 것 같이 너무 엄청난 일이라는 생각이 들지만 그것마저 포기해 버리고 싶지 않습니다. 하지만 이제 더 이상 기적을 바라지 않습니다. 그것을 깨닫는데 오랜 세월이 걸렸습니다.

대단한 느린 깨달음입니다.

　삶은 어찌 보면 사기를 당하는 일입니다. 그래도 내일
은 나아질 것이라면서 내 자신을 속이며 사는 것도 나
쁘지 않습니다.

기
적
(840만분의1)

　기적을 경험한 사람을 이야기해야 하겠습니다. 그는
나의 직장 동료였습니다. 가정형편이 어려워 사는 것이
위태위태했고 간당거리는 것이 눈에 선했습니다. 늘 가
불을 해야 했으며 어떤 때는 내가 얼마의 돈을 빌려 주
어서 위기를 넘길 때도 있었습니다.

　그러나 그는 좌절하는 사람이 아니었다는 기억이 또
렷합니다. 자신의 처지를 알고 나면 체념을 하거나 포
기를 할만도 한데 좌절하거나 포기할 줄을 몰랐으며 어
려움을 벗어나기 위해 부단히 노력을 하는 그런 사람이

었지요. 그는 비록 비틀거렸지만 쓰러지지는 않았습니다. 사람은 어떤 목적을 가지고 있을 동안에는 살아야 할 이유가 분명히 있습니다. 우리는 열심히 살아야만 하는 너무나도 많은 이유를 가진 사람들 입니다.

그런 그에게 기적이 일어났습니다. 정말 복권이 1등에 당첨되어 버린 것입니다. 하루는 이른 아침에 출근해서 로또 1등 당첨 소식을 나에게 알려왔습니다. 그 후 그는 그가 졌던 징글징글 했던 모든 빚들을 다 청산했으며 그의 퇴직금 전액을 기부를 하고 직장을 떠났습니다.

그 뒤에도 그는 돈을 낭비하지도 않았으며, 그 돈으로 인해 자신을 망치지도 않았습니다. 그는 적당히 좋은 일에 사용했으며, 나머지는 집도 고치고 조그만 사업체를 이끌며 지금껏 잘 살아가고 있습니다.

나는 복권에 당첨되던 그 날 아침 당당히 웃으며 직장으로 출근한 그가 얼마나 자랑스러웠는지 모릅니다. 절벽에 매달려 간당거리면서도 정신을 잃지 않고 살아서 돌아온 그가 고마웠는지 모릅니다.

사람이 하지 말아야 할 것 중의 하나가 포기와 좌절입니다. 목숨이 붙어있는 한 생과 싸우는 태도는 아름답습니다. 포기하지 않는 것이 사람이 할 일입니다. 나머지는 신이 할 일이지요. 일을 다 이루어 놓고도 목표점을 목전에 두고 포기하여 일을 다 그르치는 경우를 많이 보게 됩니다. 누구는 인생은 한 방이라고 하는데 그 말이 틀리지는 않나 봅니다. 다만 수많이 날린 주먹이 있었기에 한 방에 역사가 이루어지는 것임을 잊지 말아야 하겠습니다.

인생은 단 한방에 이루어지는 것이 아닙니다. 포기하지 않고 계속 시도하며 날린 한 방 한 방이 언젠가 당신의 성공을 보장합니다. 그렇게 본다면 생에 있어서 시련과 실패는 필수고 어찌 보면 성공은 우연일 것입니다.

사랑은

사랑은 부담스러운 것일지 모르죠. 자신을 불태워 없애야 하며, 그 불길로 상대를 따뜻하게 태워야 하기 때문입니다. 사랑의 형벌이라면 사랑처럼 가혹한 것이 또 어디 있겠습니까. 그래서 사랑은 함부로 할 수가 없는 것입니다.

사랑을 위해 자신의 치지를 고려하지 않는, 자신이 부서져도 좋으니 그대를 위해 희생이 되어도 좋다는 거룩한 마음은 도대체 어디서 생기는 것일까요. 니체가 하늘의 별과 내 가슴속의 빛나는 양심이 경이롭다고 한 말이 수긍이 갑니다. 인간은 알 수 없는 존재입니다. 어떨 때는 지극히 계산적이다가, 어떨 때는 아주 비합리적인 결정도 아무렇지 않게 내리는 것을 보면 말입니다.

사랑은 만나는 것입니다. 전화로 하는 사랑, 문자로 하는 이 시대의 가벼운 사랑을 경계해야 합니다. 사랑은 말할 것 없이 상대를 대면하여 만나는 것입니다. 사랑은 두려움을 가지지 않는 것입니다. 오로지 일심을 품고 그대를 위해 달려가 만나는 것입니다.

사랑은 원래 무식하게 하는 것입니다. 이유를 묻지 마십시오. 말로 풀이가 되는 것이 아니기 때문입니다. 눈꼴사납기도 하지만 그런 유치하고 무식한 것이 사랑인 것을 난들 어찌하겠습니까. 그저 그 사람, 사랑 병에 걸려 지금은 미쳤다고 이해해주면 됩니다.

동시에 아는지 모르겠지만 사랑은 전쟁입니다. 그래서 사랑은 전투하듯 그렇게 해야 합니다. 전략이 있어야 하고, 전술이 있어야 하며 그것이 결정이 되면 밀어 붙어야 합니다. 그래서 사랑은 쟁취하는 것이라고 합니다.

점잖은 사랑을 기대하지 마세요. 사랑은 원래 불같은 것들이 날아다니며 서로 붙었다가 떨어지며 사람의 혼을 다 빼어 놓는 한 바탕의 춤입니다. 격렬한 영혼의 다툼이기도 하지요. 그래서 그곳에는 스멀스멀 질투가 생깁니다.

나는 절망하고 있는 누군가가 있다면 사랑하는 사람을 만나라고 조언을 하고 싶습니다. 삶의 에너지가 고갈되어 타인을 만날 그런 힘이 없는 누군가 사랑을 만나고 사랑받고 사랑한다면 그의 영혼을 위해 걱정할 것이 없을 것입니다. 그 자체로 엄청난 축복이기 때문입니다.

결혼

　같은 직장에 근무하던 여직원이 시집을 갔습니다. 지금 생각해보면 좀 늦은 결혼 이었지요. 결혼식 당일 내가 아는 그 신부는 유달리 눈물을 많이 흘린 기억이 납니다. 우는 것은 저마다의 까닭이 있었을 것입니다. 하지만 나는 그녀가 보인 눈물이 어떤 의미에서는 이해 할 수 있습니다. 오히려 결혼식장에서 웃는 신혼들을 볼 때 보다 눈물을 짓는 신혼들에게 더 깊은 정이 갑니다.

　앞으로 살아갈 혼인생활은 웃을 날 보다는 울어야 하는 날이 많을지도 모릅니다. 결혼은 얼마나 멀고 험한 길입니까? 흔히들 결혼은 무덤이라 하지요. 자유가 아니면 죽음을 달라고 외치던 신랑 신부의 서로의 잘난 자아들을 장사지내야 할 무덤이 아닌지 모르겠습니다.

앞으로 부부라는 신랑과 신부의 자아가 고개를 들 때마다 가정은 격랑에 춤을 출 것입니다. 둘을 갈라놓으려고 간섭하는 사람들은 왜 그렇게도 많은지 그 사람들과 싸울 일이 급하지 자아를 먼저 내세울 때가 아닙니다.

결혼은 가야할 길이 먼 여정입니다. 기쁨과 슬픔으로 아로새기며 지층처럼 쌓아가야 할 지난하고도 먼 길 말입니다. 그리고 자식을 낳아 기르며 부대끼며 인간으로서 마땅히 가야할 길이기도 합니다.

결혼을 당사자들끼리만 하는 것은 위험합니다. 부모가 주례를 서는 경우가 있는가 하면 주례가 없이 자기들이 주인공이 되는 결혼이 늘어나고 있는데 조심하는 것이 좋은 것입니다. 결혼에 가능하면 증인들을 세우십시오. 결혼을 인간들만의 계약이 아니라 신과의 언약 단계까지 이르게 하십시오. 그리고 모두의 축복 속에서

행진하십시오.

ㅂㅗㅌㅗㅇㅇㅢㄷㅏㄴㅇㅓ

막
장

사람의 막장이 언제부터 시작이 되는지 생각해 본 일이 있습니까? 막장을 갈 때까지 가는 것이라 본다면 막장의 시작은 사람마다 다를 것입니다. 나의 경우 40대에 들어서면서 어렴풋 막장을 이해하기 시작했습니다. 시(詩) 〈사십대〉에서 이렇게 노래한 일이 있습니다.

섭네기가 사정없이 벗겨진다
세상이 뒤집힌다
죽든지 버리든지
그것도 아니라면 가득 채워야만 넘을 수 있는 생의 나

이테, 사십대

아무도 무사히 건널 수 없다

너의 뻔뻔함을 보여다오

껍데기가 벗겨지는 삶이고 세상이 뒤집히는 삶이니 분명 막장의 전초전이 아닐 수 없습니다. 하지만 막장이 아닙니다. 막장은 무엇입니까? 한마디로 더럽고 치사한 것이지만 기어서 그곳을 통과할 수밖에 없을 때 막장이 보이기 시작한다고 말할 수 있습니다. 그래서 막장은 서러운 것이고 다시 빠져 나올 수 있다는 희망이 보이지 않는 절망이 바로 막장입니다. 빠져나올 수 있다는 희망이 조금이라도 있다면 막장이 아닙니다. 모든 중심으로부터 밀려나 있고 변방에 머무는 것조차 힘이 버거울 때 막장의 서러움을 느끼게 됩니다.

하지만 막장이 주는 이로움도 있습니다. 그것은 막장에 들어선 이후의 모든 일상들은 감사로 받아들이게 된다는 것입니다. 걸어 다니는 것, 밥 한 숟가락이라도 먹을 수 있는 것, 늘 똑같은 다람쥐 쳇바퀴지만 다닐 일터가 있다는 감사, 아내와 자식이 있다는 것, 이런 것들이 막장을 경험하고 난 후 드러나는 일상의 소중함입니다.

막장을 제대로 알게 되면 아니, 막장을 경험하고 막장에 입장했다는 것을 깨닫게 되는 순간 세상을 다시 살게 되는 유익함도 있다는 것입니다. 사람들은 모두 지금이 자신의 막장이라고 합니다. 사랑도 가족도 사회도 직장도 다 막장을 향해 미친 듯 정신없이 달려가고 있다고 절망을 하고 있습니다. 하지만 우리는 막장에 대해 오히려 감사하게 생각하고 있어야 합니다.

세상의 겉껍데기만 핥는 삶이 아닌 인생의 뜨겁고 매운 맛을 오히려 달게 여기는 삶을 살아야 합니다. 진심으로 속이 꽉 찬 그런 삶을 희구해야 합니다. 언젠가 나에게 있어 찾아 온 막장은 절망이 아니라 도리어 축복이었다고 말하는 때가 찾아오기 때문입니다.

분열

사람들은 한결같은 것을 좋아합니다. 일정한 것, 명료한 것, 분명한 것을 추구합니다. 하지만 삶은 그렇게 분명하며 명료하지 못한 것이 문제입니다. 언제나 헷갈리는 것이며 두 개 아니 세 개, 네 개로 보이며 우리를 마구 흔들어 놓습니다.

어려울수록 분열되는 우리의 마음은 또 얼마나 될까요? 이것은 지금을 사는 나만 느끼는 것이 아니라 2천 년, 3천 년 전 우리 이전의 사람들도 그렇게 다 느꼈던 일입니다. 그래서 인생은 곤고하다고 탄식을 해대었을 것입니다.

나는 하나가 아닙니다. 내 안에는 나도 모를 또 다른 내가 있어 늘 나의 바램, 나의 소망과 염원을 배반하기도 합니다. 그렇다고 해서 내가 나를 버릴 수가 없습니다. 분열하는 자아 역시 또 다른 나이기 때문입니다. 내가 하나 되는 것, 내가 다른 꿈을 꾸지 않게 되는 것, 그것은 어느 때에나 가능할 것인가요? 그것은 내 목숨이 그 임무를 다 했을 때 하나가 될 것입니다.

살아 있다는 것은 언제나 하나가 아니라 둘입니다. 작은 생물이라도 그렇습니다. 언젠가 초등학교 다니는 어린 딸이 학교 앞에서 오백 원을 주고 병아리를 한 마리 사왔습니다. 병아리는 얌전히 박스 안에서 안주하지를 않았습니다. 사람의 체취를 그리워했으며 딸아이가 놀아 주다가 가버리면 늘 삐악 거리며 어린 딸아이를 그리워하곤 했습니다. 그리고 박스 울타리를 벗어나기 위해 셀 수도 없는 날개 짓을 하며 탈출을 감행했었습니다. 살아있다는 것은 저렇게 목말라 하는 것이로구나, 살아 있다는 것은 저렇게 무엇을 갈망하는 것이구나 하고 말입니다. 하물며 사람이야 어떻겠습니까? 하나가 아니고 둘이라는 것, 셋이라는 것 그래서 갈등하고 스스로 괴로워하고 보는 이들을 안타깝게 하는 이런 여린 것들을 감싸 안아야만 합니다. 그것이 세상을 사는 우리의 도리 입니다.

생명은 언제나 하나가 아니라 둘 이상입니다. 하나여야 한다는 것은 우리의 희망이고 바람 일뿐입니다. 사람이 꼭 하나가 된다고 해서 다 좋다거나, 바람직한 것도 아닙니다. 무엇이 정답인지는 우리는 알지 못합니다. 하지만 분명한 건 하나가 아닌 또 다른 나 역시 내가 안고 가야 할 또 다른 나라는 사실 입니다.

나
이
먹
는
법

얼마 전 한 노인을 우연치 않게 만나게 되었습니다.
그 노인은 꽤 인상적이었습니다. 일요일마다 내가 다니
는 교회는 주차장이 부족해서 인근 초등학교 주차장을
빌려 쓰고 있습니다. 교인이 수 천 명이 되다보니 별의
별 사람들이 다 있지요. 차를 주차해 놓고 쇼핑을 가서
돌아오지 않는 사람, 밤 12시가 가까워 잠에 곯아 떨어
져 있을 때 학교 철문을 두드리거나, 전화를 해대어서
사람을 괴롭히는 일 등등 말을 다 못할 정도로 힘든 일
들이 많았습니다.

하지만 그는 어떤 어려운 진상들을 만나도 흔들리지 않습니다. 어떠한 어려운 문제들을 만나도 그는 다 원만하게 해결해 내곤 합니다. 그는 학교 경비였지만 나에게는 인생의 스승이었습니다. 나는 그를 보면서 많은 것을 깨달을 수가 있었기 때문입니다. 그는 먼저 사람을 푸근하게 하는 부드러움이 있습니다. 뿐만 아니라 그의 눈동자를 통해 하늘의 영롱한 별빛을 볼 수 있을 정도로 지혜로웠습니다.

그는 많은 말을 하지는 않았지만 그의 말들은 모두 잠언처럼 빛납니다. 나는 그 사람을 통해 나이를 함부로 먹어서는 것이 안 된다는 것을 알았지요. 나이를 먹으며 겪고 배우고 뉘우칠 것을 제대로 뉘우치기만 해도 철학자가 되고 시인이 되고 주인이 될 수 있다는 것도 그때 알았습니다.

나이 팔십에 이제는 경비를 그만 두려고 해도 학교에서 놓아주지 않아 더 이상 그만 둘 수도 없노라고 아쉬워하는 이야기를 들은 적도 있습니다. 그랬을 것입니다. 누가 그를 자유롭게 놓아 줄 수 있었을까요? 그를 한 번 만나면 그의 매력에 푹 빠져 들었기 때문입니다.

생각해보니 삶이 그렇게 되어야겠습니다. 그처럼 그렇게 단단해 지기 위해서 얼마를 더 부서지고 깨어지고 다듬어 져야하는 지를 생각하면 눈앞이 아득하기만 합니다. 결코 쉬운 일이 아닙니다. 하지만 그래야 온전한 사람이 될 수 있지 않을까요. 하지만 그보다 더 조심해야 하는 것은 다듬어질 준비가 되지 않을 인생이 될까봐 살짝 두려운 조바심 입니다

오늘이 힘들면

눈앞의 일에 급급해 하다가는 전체를 놓칠 수가 있습니다. 우리는 매일 매일 다른 날들을 맞으며 살아갑니다. 오히려 이것이 우리의 희망이라는 것을 말하고 싶습니다. 어떤 날은 파김치가 되어 집에 돌아와 절망할 때가 많습니다.

이런 날은 쓰러져 바로 잠을 자는 편을 좋지 않을까요. 눈을 뜨면 완전히 새로운 아침, 어제의 고민과 어려움은 눈 씻듯이 사라져 버리고 이상하게 콧노래가 나오는 날이 맞이할지도 모르지요. 집을 나서 살랑살랑 찬

공기를 호흡하며 출근을 하는데 내 앞에서는 나도 모르
감사합니다, 감사합니다, 나에게도 새 날을 허락하셔서
감사합니다. 하는 말이 저절로 새어 나오는 그런 날 말
입니다.

하루의 고민은 그 날에 족합니다. 우리에게는 또 다른
새 날을 얼마든지 찾아오기 때문입니다. 하루의 고민에
빠져 전체의 삶을 망칠 수는 없습니다. 그것은 어리석은
일입니다. 새날은 지난날의 과오를 씻고 새로운 희망과
결단을 요구하고 내일을 열어나가기를 응원합니다.

고통의 날은 그 날 하루만으로 만족했으면 합니다. 눈
을 떠서 맞이하는 내일은 또 다른 희망을 줄 것이기 때
문입니다. 우리는 매일 그것을 받아먹고 살면 그만입니
다. 이런 이치를 안다면 세상 살기가 훨씬 수월해 질 것
입니다. 그대여, 오늘이 힘이 듭니까? 오늘이 힘들다는
이유로 내일의 회망마저 밟지 말아야 합니다.

만
원

　매일 같은 시각, 같은 열차에 지쳐 도시를 떠나 여유
를 느끼며 살고 싶다는 마음은 누구에게나 있을 것입니
다. 도시에서 바쁘게 사느라 이유도 모르고 소진되는
자신이 힘들어서 하는 생각일 것입니다. 시간이 멈추어
버린 곳, 자연에 순응하며 일상을 영위해 가는 그런 곳
으로 나를 떠나보내고 싶습니다. 잊혀진다는 것이 때로
는 서럽기도 하겠지만 숨 쉬기 조차도 갈수록 힘들어져
나 자신을 잃어버릴 것 같아 차라리 그 방법이 더 낳을
것이라는 생각입니다.

세상이 만원이고 숨 막히는 곳이라는 생각은 출근길 전철을 타면서 더욱 간절해집니다. 전철 안은 출근하느라 사람들이 역마다 모여들어 서울 경계는 고사하고 탄현만 가도 이미 발길을 들여 놓기가 어지러울 지경입니다. 차가 기차역 플랫포음으로 들어서는 동안 사람들이 저 멀리 길가에서부터 전철을 타기 위해 뛰고 달리는 모습이 늘 보입니다. 막상 플랫폼에 들어오면 긴 줄이 늘어서 있습니다. 지금 역을 향해 뛰어 들어오고 있는 사람들은 아무래도 이번 차를 타기는 어려울 것 같습니다. 이들은 아마도 다음차를 타야할 것입니다. 그렇게 되면 원하는 목표 시간에 목적지에 닿을 수 있을지는 의문이지만 말입니다. 천신만고 끝에 열차를 탔다고 해도 그것으로 간단히 문제가 끝나는 것이 아닙니다. 차 안에는 사람이 입구부터 들어차 자리에 앉는다는 것은 거의 불가능한 일입니다.

차를 타면 흔들리는 세상과 같습니다. 입석인생이 대부분이고 좌석에 앉아있는 사람들은 편안해야 할 것인데 앉아서 꼭 그렇지만은 않은 것 같습니다. 좌석을 차지하고 앉은 사람들은 또 다른 고민으로 눈을 감고 흔들리는 열차에 몸을 맡기고 있었습니다. 서서 팔다리가 아픈 사람들에게 출근 시간이 얼마나 힘이 들고 원망스러운 시간인지 모릅니다.

경의선 전철은 대곡이나 디지털미디어시티역, 공덕역과 같은 환승역에서 앉아있던 사람이 일어나고 서 있던 사람이 그 자리를 차지하는 자리바꿈이 있어 그나마 위안이 된다고 할 수 있습니다. 환승이 없다면 출근길은 그야말로 지옥이 될 것입니다.

만원열차의 흔들리며 길을 가는 누군가에게 이런 말을 전하고 싶습니다. 이 만큼 경쟁이 치열한 세태가 되었으니 준비를 할 때 목적에 맞게 제대로 하지 않으면 모든 것이 허사가 된다는 말을요. 흔들리는 세상 어느 곳에서나 이미 만원입니다.

이왕 무엇을 해 보겠다고 생각한다면 아주 철저하게 치밀하게 그리고 대범하게 준비를 하지 않으면 안 됩니다. 대충 대충한다면 그것은 하지 않는 것만 못합니다. 차라리 마음 편하게 노는 편을 택하는 것이 더 좋을 것입니다. 그리고 무엇이든 최선을 다해 공을 들이면 그것이 헛된 것이 아니라 반드시 보답을 한다는 것을 기억해야 합니다.

늦었다고 생각할 때가 빠르다는 것은 옛 말입니다. 그것은 늦게 출발하는 자를 위한 위로의 말이 되어버린 지금, 무엇을 한다고 해도 대부분 때 늦은 것이 사실입니다. 그래도 시작을 안 할 수는 없습니다. 하지만 무엇이든 하려면 제대로 공을 들여 피땀 흘려 하지 않으면 아무 의미가 없을 것입니다.

가
을
은
판
관

　날씨가 쌀쌀해 지고 논에는 벼가 익어 고개를 숙이고
사과가 익어가고 단풍이지는 날이면 나는 안절부절 합
니다. 어디론가 떠나가지 못해 몸 둘 바를 모르고 방황
을 하게 되지요. 흔히 봄은 여자의 계절이고, 가을은 남
자의 계절이라는 말이 그래서 있는지도 모르겠습니다.

　나는 가을만 되면 벼가 익어 가는 황금빛 들판을 지나
행주산성에 자주 오릅니다. 행주산성 토성 길 주변에
단풍이 짙게 들고 낙엽이 지는 아무도 없는 가을날 큰
소리로 애절하게 비목(悲木)을 부르는 일로 가을을 시

작합니다.

찬바람이 불어오면 찬바람이 얼굴을 스칠 때 마치 심판자의 칼날을 느낍니다. 온 산과 들에 갖가지 오곡백과가 익어가고 나무들마다 형형색색으로 저마다 자신의 존재를 자랑스럽게 표현하고 있는 때를 만나는 일은 행복하기도 합니다. 하지만 또 괴로움 그 자체입니다. 아직 이룬 것 하나 없이 찬바람 부는 길 위에 서 있다는 존재의 불안감이 그것입니다.

그래서 가을은 어딘가로 도망을 치고 싶은 부끄러움이 있습니다. 그리고 가을은 일 년 동안 살아온 삶의 결과라는 것이 마음이 듭니다.

가을이 오기 전부터 가을에 미안하지 않기 위해 혼신을 다해 계절을 살아야겠다는 생각입니다. 인생을 마치는 순간까지 매년 찾아 올 가을을 생각하며 부끄럽지 않게 살아가야 할 것입니다.

귀
경

　부산을 떠나서 서울에 정착해 살고 난 후, 명절이면
홀로 계신 노모를 만나러 부산을 내려갔습니다. 목숨이
있는 한 연어의 귀향과도 같은 연례행사는 내가 살아
서 감당해야 일 중의 하나였지요. 옛날 어르신들이 사
는 동네는 어르신들이 모여 앉아 명절날 누구네 딸아이
는 안 왔고 누구 아들네는 왔다갔다더라 하는 것이 자
식 농사를 잘 짓고 못 지은 척도로 여기는 것을 알고 있
기 때문입니다.

　못난 자식이라도 명절날 집으로 돌아오면 우쭐하고

오지 않으면 얼굴에 수심이 가득한 채 그늘이지는 노인들의 모습이 떠올라 짠합니다. 그 모습이 보기 싫어서 어떤 때는 눈길에 위험을 감수하고 내려갔다 꼬박 하루가 걸려서 부산에서, 내가 사는 집으로 다시 되돌아오기도 했습니다.

누구든 고향에 가면 주인공입니다. 고향은 내가 뛰어 놀던 주 무대였고 부모님들과 지인들에게는 내가 주인공이었습니다. 하지만 그 품을 떠나 기차를 타고 서울로 올라오는 순간 익명의 존재가 되어 버립니다. 더 이상 주인공이 아니며, 톱니바퀴의 일부분이 되어 이름도 없이 뼈 빠지게 돌아가야 하는 고달픈 존재가 되는 것입니다.

우린 엄청난 채무를 가지고 있을지 모릅니다. 부모님의 사랑과 고향으로부터의 채무입니다. 이 채무로 인해 지금 이렇게나마 존재할 수 있다고 믿습니다. 아마 평생 갚아도 받은 것의 절반도 갚지 못할 것입니다.

귀경길은 언제나 내가 감당할 수 없을 정도의 아픔을

줍니다. 내가 부끄러운 존재, 사랑의 채무만 지고 사는 연약한 존재라는 것에 눈뜨게 해줍니다. 감당할 수 없는 고민 속에서도 조금이라도 갚는 일이 고향을 부지런히 오르내리는 일이라는 것을 잊지 않았으면 좋겠습니다. 그것이 부끄러운 일상의 궤도를 언젠가는 벗어나는 길이기 때문입니다.

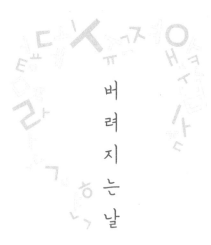

버
려
지
는
날

　오래 전 행신동 강매역 근처에서 살 때의 일입니다.
서울로 출근하기 위해 역사가 없는 간이역에 나갔을 때
웬 어린 초등학교 3학년 된 것 같은 여자아이가 저 멀
리 떠나가는 열차를 바라보고 서럽게 울고 있었습니다.
　열차를 타고 서울로 통학을 하는데 그날은 늦게 나
와 기차를 놓친 것입니다. 저 멀리 사람들이 기차 난간
에 악착같이 매달려 서울로 떠나가는 모습과 울면서 떠
나가는 기차를 바라보던 그 아이의 모습이 지금도 눈에
선합니다.

추운 겨울날이었습니다. 논에 벼는 다 베어졌고, 기차
길 옆에 무성하던 억새에는 하얀 서리가 내려 바람에
흔들릴 때마다 서걱대는 소리를 내는, 당시 강매역은
출근 시간에도 1시간에 1대씩 다니던 초라한 역이었습
니다. 승강장이라는 것도 없고 역사(驛舍)도 없었으며
잡풀들만 무성한 그런 별 볼일 없는 간이역이었습니다.
강매역에 들어서면 변방의 쓸쓸함과 외로움 같은 것이
저절로 느껴지던 그런 곳이었습니다.

강매역을 통해 쓸쓸함에 대해 알았습니다. 나는 그 아
이가 안쓰러워 달래느라 애를 먹은 기억이 있습니다.
울먹이는 그 아이에게 살다보면 버려지는 날이 있다고
이야기 할 수도 없었습니다. 그리고 앞으로 살아가며
꽤 수많은 날들이 이렇게 울며 버려지게 될 것 이라고
이야기해 줄 수도 없었습니다. 나 역시 기차를 놓친 상
태에서 내가 당하고 사는 세상의 우울한 일상과 겹쳐지
면서 마음이 온전하지 않았기에 그날의 기억이 남아있
습니다.

일상에 무수히 일어나는 버려지는 날들에 대해 서러

워하지 않았으면 합니다. 이제는 강매역이 없어지고 그
자리에 행신역이 생겼고 누구도 간이역인 강매역이 있
었을 거라고 기억하고 있지 않은 것 처럼 삶은 늘 누군
가로부터, 무엇으로부터 버려지며 소비되다 주어진 시
간이 되면 떠나가는 것이 일상이며 그 순간 역시 지나
면 지워지기 때문입니다.

　그렇다고 모든 것이 다 지워지지는 않은가 봅니다.
15년 전 초등학교 3학년이던 그 아이는　지금쯤 대학을
졸업한 어엿한 사회인이 되어있을 테니까요.
　사람은 살아야 기억을 그리워하며 존재의 유무를 궁
금하게 됩니다.

감
사

　내가 보내는 일상이 아무리 보잘 것 없는 것이라 하더라도 내 일상을 붙들며 못난 나를 사랑하며 그렇게 살아야 하겠다고 생각합니다. 흔히들 보잘 것 없는 생을 잊으라거나 내가 잘 되기 위해서는 나를 버리라는 이야기를 하지만 나는 그 말들을 모두 무시하며 살기로 합니다. 대신 나의 못난 일상을 감사하게 생각하며 못난 나 자신을 다독거리며 그렇게 살아가기로 맹세합니다. 그렇지 아니하고 내가 나를 버리고 내가 나의 일상을 대수롭지 않게 여긴다면 나는 내가 제대로 존재할 수 없다는 것을 알기 때문입니다.

암으로 돌아가신 어머니의 삶이 생각이 납니다. 삶의 끝에 폐암이 걸려 둘째 아들과 살면서도 보탬이 되지 않고 위로와 염려를 받으며 사는 자신의 삶은 삶이 아니라고 했습니다. 어머니는 살림을 하고 싶어 하셨습니다. 김장하고 빨래하고 아이들 밥 먹이고 자기가 먹은 것을 설거지하고 방청소를 깔끔히 하고 사는 그런 일상을 천국으로 여기며 살고 싶어 하셨지요. 하지만 어머니의 그런 소망은 이루어지지 않았습니다. 봄을 맞이하기 전에 쓰러져 세상과 이별했기 때문입니다.

나는 그 때 생각을 하면 내가 보내는 시시한 일상이라도 대단한 것이라는 것을 배우게 됩니다. 어머니가 천국으로 여기셨던 일상을 시시하게 생각하며 우습게 여기며 함부로 살아가는 내가 부끄러워져서 입니다.

천국은 달리 존재하는 것이 아닙니다. 내가 살아가는 지금 이 땅 여기가 천국이 아닌가 합니다. 내가 주인이 되어 살아가는 삶터가 바로 천국입니다. 영토적인 개념이 아니었고 정서적인 영적인 그런 개념의 천국입니다. 그래서 감옥 속에서도 천국을 누릴 수가 있을 것입니다.

눈뜨는 자는 천국을 볼 수 있습니다. 그리고 누릴 수 있습니다. 내가 눈뜨는 아침, 가족들과 먹는 아침, 일할 곳이 되는 직장, 내 집, 이 모든 것을 아무렇지 않게 여기며 살고 있지만 내일 눈을 떠야 하루를 사는 것이라며 여기면 우리는 늘 기적의 연속선상을 사는 것입니다. 어찌 감사하지 않을 수 있겠습니까?

기적은 곳곳에 존재합니다. 그것은 신기루 같아서 눈뜨고 볼 수 있는 사람은 기적이라는 신기루를 볼 수 있습니다. 감사하는 곳에 일상의 기적이 일어납니다. 아침 출근길에서 저절로 감사의 말이 나오면 좋겠습니다. 욕망으로 자신을 스스로 옭아맬 것이 아니라, 일상을 감사함으로 채우며 스스로를 물질의 소유라는 덫에 빠져서 허우적대지 않도록 말입니다.

지금 나의 약함을 원망하고 한탄하고 있는지요? 그래서 힘이 있는 사람을 늘 옆에 두고자 찾아 피곤하게 다닙니까? 가난하다고 생각합니까? 그래서 돈을 벌기 위해 혈안이 되어 있습니까. 나를 위한 욕심을 채우는 권력과 부에 대한 욕망은 자신을 치는 칼날이 되어 부메

랑이 될지 모릅니다.

자족할 줄 알아야 합니다. 높은 것만 추구하지 말고 물질의 부유함을 고집하지 말아야 합니다. 원하는 것들이 이루어지지 않는다고 좌절하면서 우울해할 일도 아닙니다. 그런 열망이 넘쳐날수록 위험 수위에 와 있다는 자각을 가져야 합니다.

그대의 시시한 일상을 우습게 여기지 마십시오. 밥을 하고 빨래를 하고 아이들 키우느라 없는 살림을 쪼개 고뇌하는 그 삶이 얼마나 빛나고 가슴 설레는 일인지를 알아야만 합니다. 헛된 무지개를 쫓아가지 마십시오. 일상에 대한 성찰을 중단하지 마십시오. 그대의 일상에 감사를 더함으로써 삶에 윤기와 활력을 더하십시오.

희
망

나는 아무리 생각해도 미련한 자임에 틀림없는 것 같습니다. 그래서 살기가 어렵다고 느끼는 것 같아요. 모든 것이 부족하고 힘이 부쳐서 항상 두려움이 앞서기 때문입니다. 두려움이 문제입니다. 앞으로 나아가지 못하게 만드는... 두려움은 천사일 수 없습니다. 존재를 존재답지 못하게 만드는 악마일지도 모른다는 생각을 하게 됩니다.

우리가 이런 사람이 되지 않도록 신은 우리에게 희망이라는 것을 주셨습니다. 악마의 자녀가 되지 않고 신의 자유로운 영역에 존재할 수 있다는 그 희망을 가지고 우리는 살아갑니다.

그렇다고 신은 희망을 너무 쉽게 주지도 않습니다. 너무 쉽게 희망을 누린다면 우리의 존재는 가벼움으로 인해 신을 우습게 알고 우쭐거리며 마음대로 행할 것이기 때문입니다. 그래서 한 치도 알 수 없는 날들을 신의 가호를 기다리며 흔들거리며 그 앞에 무릎을 조아리게 되는 것입니다.

우리가 겸손함으로 한 발자국씩 다가간다면 희망이라는 존재는 결코 멀리 존재하고 있는 것이 아닙니다. 우리 가까운 곳에서 발견되기를 기다리는 수줍은 새댁 같은 존재가 희망이라 할 수 있습니다.

희망이 가까이 있는 것을 발견하고 안도함과 감사함이 밀려올 때가 신에 대한 겸손함과 예의를 지킬 때입니다. 그리고 포기하지 않고 자신의 삶을 영위해 가는 시간이기도합니다. 삶을 포기하고 생을 포기해서 신의 마음을 아프게 하는 것이 아니라, 약한 존재이지만 노력하고 고군분투하고 눈물겨운 몸부림을 보여줄 때 길이 열리는 것입니다.

살다보면 세상이 우리 생각만큼 그렇게 팍팍하지도 않고, 무서운 곳도 아니라는 것을 발견할 수 있을 것입니다. 그래서 우리는 그런 희망을 가지고 오늘도 살아가는 것입니다. 그 길에는 신의 도움만 있는 것이 아니라, 신이 보낸 좋은 사람들과의 인연도 있지요.

삶이란 과정 속에서 그 어느 것도 인간을 자양시키지 않는 경험이란 없습니다. 모든 것이 협력해서 한 존재, 한 생명의 성장을 돕는 존재들입니다. 살아만 있다면 이 좋은 것들을 느끼게 될 것입니다. 그래서 살아야 합니다.

기
도

　최근 나는 건강을 위해 걷기를 시작했습니다. 내가 걷는 길은 경기도와 해당 자치구 힘을 합하여 만든 DMZ 평화누리 길입니다. 이 누리길에 파주를 지나는 4개의 코스를 도보로 걷고 있습니다. 위치적으로도 서북단의 끝이라 더 이상 갈 곳도 없습니다. 인적도 없습니다. 때론 동네를 지날 때 개들이 위협하기도 하며 추수를 끝낸 빈 논바닥에 내려 앉아 한가로이 쉬고 있는 철새들이 인적을 느끼고 날아가 버리는 그런 길입니다. 때때로 강이 보였고, 군사시설이 많은 지역이어서 철조망들을 많이 보이는 길입니다.

아무도 없는 혼자만의 길입니다. 인생도 그렇지 않은가 합니다. 모든 세상의 빛나는 것들은 처음에는 혼자입니다. 이 길들 위에서 수많은 가능성이 있을 것이며, 자신의 문제점과 세상을 살아야 할 이유들을 발견할 수 있습니다. 때론 혼자 걸어야 합니다. 여럿이 걸어서는 삶을 성찰할 수가 없습니다. 이 세상에 혼자 왔고, 세상을 떠날 때도 혼자 가는 길이어서 그런지 모릅니다. 스스로를 들여다보고 남을 보고, 다시 나를 들여다보고 관찰하고 치유하기 위해서는 혼자 걷는 것이 좋습니다.

그 날도 나는 차를 잘못타서 적성까지 들어갔다가 묻고 물어서 목적지인 자장리를 찾아가고 있었습니다. 파주 황포돛배가 있는 곳까지 걸어가는 것이 그날의 숙제였습니다. 식현리 밥재를 넘으며 나는 여러 생각을 했습니다. 식현리에 굽이굽이 진 고개를 여러 개 넘어서야 내가 원하는 자장리 황포돛배 입구에 도착할 수 있었기 때문입니다.

내가 넘어야 하는 고개는 밥재였습니다. 밥재의 굽이치는 고개들이 지루했습니다. 그리고 아무도 없는 곳이어서 외로웠습니다. 순간 울컥 눈물이 나왔습니다. 세상을 사는 것이 이 밥재를 넘어야 하는 일로만 느껴졌기 때문입니다. 나는 세끼 밥을 먹기 위해 이렇게 외로워해야 할 것이며, 서러운 이 길을 몇 개나 넘어야 할지를 생각하면 막막했습니다.

그때 인생은 별것이 아니라는 깨우침이 머리를 때렸습니다. 나는 앞으로 헤매고 방황하지 않기를 다짐했습니다, 앞으로 다시는 삶이 서럽다고 울지 않으리라 맹세했습니다. 나는 밥재를 넘으며 울었고, 밥재를 넘어오면서 그동안 식었던 삶을 되찾을 수 있었습니다. 내가 걸어야 할 다른 길은 없으며 이 밥재의 길을 걸어야 한다는 결론에 도달할 수 있었습니다. 나는 그날 밥재를 넘으며 내 삶의 양식을 마련한 셈이었습니다.

언
어

말로 인해 실망하고 괴로워하는 경우가 많습니다. 시를 쓰는 시인은 장황한 말을 쓰는 일에 익숙하지 않습니다. 90이 넘어 시를 쓰기 시작해서 100세에 시집을 출간해 일본 열도를 울린 시바타 도료는 〈시와 나〉라는 시에서 시작의 본질을 다음과 같이 설명했는데 깊이 마음에 와 닿았습니다.

저는 시를 쓸 때 항상 마지막에 전체를 다듬는 작업을 합니다.

어려운 말은 일절 쓰지 않고 쉬운 말로 쓰고 있습니다.

필요 없는 문구는 전부 생략하고 필요한 말, 내용을 담은 말만 갖고 만들어 갑니다.

이것은 쉽지 않습니다. 하지만 쉽지 않기 때문에 즐겁기도 합니다('시와 나' 전편/ 시바타 도료).

시바타 도료처럼 간결하고 쉬운 말을 사용하되 가능하면 그것도 줄이려고 노력하고 있습니까. 세상이 깨끗하지만 않습니다. 이런 세대에 지지 않기 위해서는 한마디의 말이라도 절약해야 하겠다는 생각이 요즘 더 절실합니다. 말로 인해 일어나는 화를 입지 않고 살기를 기도하고 있습니다.

그러기 위해서는 듣는 귀만 열어두고, 말하는 입은 닫아두는 편이 좋을 것입니다. 그리고 좋지 않은 말은 흘려듣기로 했습니다. 그 말이 흘러 차고 넘쳐서 자신을 삼켜 버리도록 내버려두기로 한 것입니다. 세상에 귀감이 되어야 할 위치에 있는 사람들은 특히 말하는 입을 닫아야 할 것입니다.

그 대신 정직과 선, 양심과 같은 추상명사에 대해 더

생각하고 고민하는 것이 좋을 것 입니다. 그것이 여러 모로 보아 삶에 도움이 되기 때문입니다. 나는 규칙을 준수하며 살기로 했습니다. 부디 이 규칙이 얼마를 못 가고 중단되는 것이 아니라 내 몸에 들어와 굳어서 바위처럼 되어야 합니다.

너
와
나
의
길

　스승의 날을 앞두고 우편을 스승님에게 보낸 적이 있
습니다. 점심을 드실 수 있도록 비용과 함께 "스승님,
사랑합니다. 존경합니다."라는 문구를 넣어 보내드렸습
니다. 나중에 전화 연락을 통해 근황을 물으시기에 이
것저것 여러 가지 시도는 해보지만 쉽지 않다고 말씀
드렸더니, 스승님 말씀이 "세상이 만만하지 않지?" "세
상이 쉽지가 앉지" 하시면서 나의 말에 동의를 해 주셨
습니다.

　세상을 살아 본 사람은 누구나 다 압니다. 세상이 만

만한 것이 아니며 고통 가득한 여정이라는 것을 말이
죠. 하지만 누구도 그 길이 힘들고 어렵다고 하여 가던
길에서 내리거나 멈추거나 되돌아 갈 수가 없는 길입
니다. 목숨을 끝나지 않는 한 어쩔 수 없이 주어진 시간
동안 살다 가야할 길입니다.

그 길은 힘이 들고 외롭고 적막한 것이 끝도 없을 것
만 같습니다. 하지만 그런 길을 우리는 어쩔 수 없이 가
야만합니다. 그것이 우리의 숙명입니다. 생명이 소진
되는 그 날까지 우리는 가야만 하는 운명을 가진 사람
들입니다. 이것은 평범한 한 가정의 가장이던지 회사의
사장이던지 누구든 다 가야만 하는 그런 길입니다.

경의선 금릉 역에서 용문으로 가는 새벽 첫 차를 기다
리면서 나는 우리 앞에 놓인 길이 그런 길이라는 것을
알았습니다. 어찌 피하겠습니까? 어찌해서 그 길을 두
려워하겠습니까?

비겁하게 여기서 가던 길을 포기하거나 멈추지 않도
록 해야 합니다. 그래야 가던 길을 계속 가면서 내 자리

를 지켜낼 수 있습니다. 나를 보고 있는 많은 사람들을 위해서라도 가던 길을 살아있는 동안 부지런히 가야만 합니다.

자
리
이
타
(自利利他)

   세상 일이 힘이 들고 잘 안 풀릴 때면 누구든 나만 이런 것인가 하고 실망을 하거나 좌절을 할 때가 있습니다. 내 인생의 질곡을 어디다 하소연하고 원망을 하고 싶어지는 것입니다. 운명의 여신이 있다면 유독 나만을 미워해서 나에게 엄한 벌을 내리는 것 같은 억울함도 느끼게 됩니다.

   한 때 추운 밤길을 방황하며 돌아다니던 날이 많았습니다. 어찌해서 나의 날들은 늘 이렇게 뒷골목을 배회하며 굽은 길을 가야만 하는지 알 수 없었습니다. 세상을 적게 살아 그런 것일까? 살다보니 세상이 얼마나 깊고 엄청난 것인가 하고 눈떠질 때가 많습니다.

조금만 더 생각해보면 세상은 가늠할 수 없을 정도로 대단한 곳임을 깨닫게 됩니다. 내가 힘들어 쓰러지고 싶을 때 누군가는 벌써 세상을 등지고 목숨을 버렸고, 내가 울고 갈 때 누군가는 내가 가는 이 길을 피 눈물을 흘리며 갔었다는 것을 알게 됩니다.

세상을 살면서 만나는 희노애락은 동일합니다. 신은 우리에게 모두 같은 양의 즐거움과 괴로움을 주었습니다. 나만 슬프고 나만 기쁜 세상은 없습니다. 나도 울고 그도 울었으며 내가 기뻐했으면 그도 운만큼 기쁜 날이 있었을 것입니다.

우리가 신을 알고 있다면 신은 그렇게 편협한 분이 아닐 것입니다. 누구만 편애하여 특별히 사랑하고 누구는 특별히 미워하는 분이 아닐 것입니다. 오히려 힘이 들어 자꾸 원망하게 되고 나만 이런 질곡에서 헤매는 것 같은 서러운 마음이 들 수 있게 될 것입니다.

세상을 좀 더 넓게 보면 좋겠습니다. 살다보면 대범한 태도가 필요할 때가 많습니다. 눈앞의 일에 집착해서 흔들릴 때가 있습니다. 마음 한 번 굳세게 다잡고도 대수롭지 않은 일 앞에서 쓰러지는 안타까운 일이 생깁니다.

수시로 변하고 의심하고 흔들리는 우리 자신 안에 도사리고 있는 불안이 문제입니다. 모든 문제는 내가 만드는 것입니다. 내 운명과 내 삶을 신뢰해야 합니다. 다른 그 무엇을 사랑하기 앞서 나 자신부터 사랑해야 합니다.

흔히들 나를 비우고 나를 죽여야만 한다고 말을 하지만 그것은 모두 거짓말 일지 모를 일입니다. 내가 궁핍하고 내가 외롭고 어려운데 어떻게 남을 도울 수가 있습니까? 내가 나를 사랑하고 내가 나를 도울 때 신이 나를 돕습니다. 나를 부유하게 해야 합니다, 나를 건강하게 만들어야 합니다, 그런 후, 다음 입니다.

생
의
비
밀

　세상을 사는 특별한 비밀을 찾아 지금도 이리저리 산
전수전 다 겪은 고수들을 찾아다니며 고견을 듣거나,
또 훌륭한 스승을 찾거나 아니면 전국을 두루 다니며
자연을 스승 삼는 경우가 심심치 않게 있습니다. 어쩌
면 이것이 부질없는 일인지도 모르겠습니다.

　오히려 먼데서 찾기보다는 가까이 바로 옆에서 찾을
수도 있습니다. 우리들에게는 부모님들이 있기 때문입
니다. 부모가 자식을 사랑하는 가르침 안에는 인의예지
모든 것이 다 들어가 있습니다. 별도로 인(仁)을 얻기 위해 스승을 찾아다닐 필요가 없을 것입니다. 평범함 속에 비범함이 깃들어 있듯 평범한 부모님의 말씀은 우리들에게 살과 피가 되는 경전이기도 합니다. 그래서 알고 보면 우리는 멀리서 스승을 찾을 필요가 없습니다.

인생이란 무엇입니까? 어릴 적 부모로부터 배운 것들을 커가면서 하나하나 확인하며 사는 일입니다. 그리고 자식들에게 세대를 이어주는 일이 인생입니다. 이것이 생의 비밀이고 생의 전부일 수 있습니다.

별도로 삶의 과외를 받을 필요가 없습니다. 우리의 부모님들을 바라보면 됩니다. 그 안에 모든 해법들이 다 존재합니다. 삶은 지극히 간단하고 명료합니다. 생각할수록 가볍고 쉬운 것이기도 합니다. 복잡한 세상의 만사도 단순한 원리가 존재합니다. 그 작동원리를 아는 것이 우리의 삶을 가볍고 쉽게 합니다. 삶을 어렵게 만들 필요가 없습니다. 배가 거친 파도 속에서도 유유히 롤링을 하면서 지나가듯 그렇게 살아가게 만듭니다.

동
력

　모든 것이 가던 길 사방팔방을 내 앞길을 막아설 때
나는 어떤 기분일까요? 아마 세상의 한 가운데서 고립
되어 막막함을 느끼게 될 겁니다. 그럴 때 돌파구를 찾
아야 하는데 별 방법이 없을 때 나는 무작정 길을 걷습
니다. 걸으면서 이런 저런 생각과 궁리를 하면서 어려
움을 극복하려고 몸부림을 칩니다.

　외부로 향하는 묘책과 같은 그런 방법이 도무지 보이
지 않을 때 나는 내 자신을 향해 내부로 발길을 돌리는
것이 낫지 않을까 합니다. 내 안에 잘못은 없는가? 나에

게 무슨 잘못이 있어 이런 어려운 처지에 빠지게 되는가 하는 것을 생각하게 됩니다. 그래도 방법이 잘 보이지 않을 때 어떡해야만 하겠습니까? 그저 막막해서 주저앉고 싶을 때가 누구나 다 있을 것입니다.

나는 이런 절체절명의 어려움 앞에서 어머니를 생각합니다. 새까만 자식들이 우글거리고 자신은 여자의 몸으로 어찌해 볼 수 없는 그 어려운 세월을 지나왔을까를 생각하게 됩니다. 그래도 그 분은 그 어려운 처지에서도 누구 하나 생명을 다치게 하지도 않았고, 큰 죄를 짓지도 않았으며 자식들을 보란 듯이 문제없이 다 길러내신 것 입니다. 생각이 그 곳에까지 이르면 그 분은 여장부였고 전쟁터의 장군이었다는 것을 알게 됩니다.

어떤 믿음이 그 분을 강하게 만들었을까요. 지금은 힘이 들지만 언젠가는 이 괴로운 고통으로부터 해방될 날이 있을 것이라는 믿음 일 것입니다. 그리고 자녀들이 나중에는 이 고난에서 당신을 구해줄 것이라는 믿음을 가지고 계셨을 것입니다.

결국 삶에 대한 긍정과 믿음, 강해야 한다는 정신력이 가족 모두를 살린 것입니다. 어머니는 전력투구를 하셨습니다. 먹을 것 못 먹고, 입을 것 못 입고 오로지 자식들을 위해 무서움도 두려움도 없이 거친 황야 길을 일심으로 달려 온 것입니다.

어머니처럼 강하지 못해 부끄러울 때가 한 두 번이 아닙니다. 살아가는 자에게 희망이 되는 것은 삶에 대한 건강한 믿음입니다. 어머니가 가졌던 좋은 날을 볼 수 있다는 믿음을 가지는 일입니다.

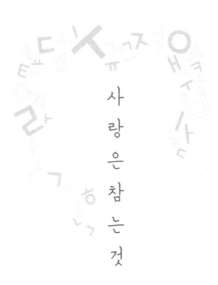

사랑은 참는 것

　당신은 사랑에 대해 어떤 정의를 내릴 수 있을까요?
누구든 사랑에 대해 이런 저런 정의를 내리면서 살게
됩니다. 사랑에 대한 정의만큼 이나 종잡을 수 없는 것
도 없습니다. 사랑이 무엇입니까? 어느 시인은 사랑이
란 좋아하는 사람 옆에 붙어서 뜨겁게 우는 것이라고
했고, 나 역시 한 때 사랑을 말도 안 되는 힘이라고 생
각한 적이 있었습니다.

　세월이 가면서 사랑에 대한 개념도 변화되고 있습니
다. 흔히들 사랑이 적극적으로 무엇을 해주는 것이라고

말하는 사람들이 많지만 최근에 나는 사랑은 참고 견디는 일이라는 생각을 하게 됩니다. 참을 수 없는 일을 보면서 참아주고 기다려 주는 것은 대단한 사랑이 없이는 불가능하다는 생각이 들기 때문입니다. 더 나아가 사랑은 한두 번 참는 것이 아니라, 수없이 참아주는 것이 진짜 사랑이라는 것을 알게 됩니다. 언제까지 참아주어야 하는 것이냐? 는 질문을 한다면 나는 사랑의 대상이 변화할 때 까지 참아주는 것이 사랑이라 말하겠습니다.

사랑은 힘이 있어 사람들이 사랑을 경탄하는 것입니다. 사랑은 역사하는 힘이 있습니다. 우리가 참을 수 없는 상황에서도 그런 상대에게 사랑을 하는 이유는 간단합니다. 사랑은 변화를 가져오기 때문입니다. 돌 같은 심장을 변화시켜 부드럽게 만드는 것도 사랑의 힘 때문입니다. 사랑은 꽃을 피웁니다. 참고 곁에서 견디고 그늘이 되고 언덕이 되어 주십시오. 사랑을 포기하지만 않는다면 꽃을 보게 될 것입니다.

환
상
과
사
기

　어느 영화인지 제목이 기억이 나지 않지만 주인공
이 "인생은 다만 광기다"라는 한 말이 생각납니다. 나
는 "인생은 한편의 사기극" 이라고 감히 말하고 싶습니
다. 몸에 살이 마르지 않았을 때에는 이런 저런 희망과
꿈을 꾸면서 살아가지만 죽을 날에 가까워 살이 마르고
뼈만 남게 되었을 때 결국 인생은 사기꾼 이었다는 생
각을 하게 될 것입니다.

　우리는 끈임없이 무지개를 꿈꾸며 사업의 성공이나
출세를 위해 이런 저런 꿈과 가면을 쓰면서 일상을 살

아가고 있습니다. 물론 이 역시 다 부질없는 것들이지만. 부질없다고 하여 인생에서 필요가 없는 것이 아닙니다. 어쩌면 인생의 80%는 기망이고 20%정도가 진실이라고 나는 말하고 싶습니다.

인생이 꿈이고 그 꿈이 결국 삶의 끝에서 밝혀질 사기라면 어떻게 처신해야 옳은 것일까요? 사람들은 되도록 꿈을 크게 꾸어야 한다고 합니다. 그래야지 나중에 조그만 꿈이라도 건지게 된다는 식으로 이야기를 합니다. 보기에는 다 좋은 이야기이지만 꿈을 크게 꾸면 어느 정도 성공한 것처럼 살 수 있습니다. 그러나 얼마 지나지 않아 사기를 당하게 되어 크게 낙심할 수 있음을 알아야 할 것입니다.

별스런 사람도 없고, 별스런 삶도 없습니다. 모든 것은 다 환상이고 광기고 사기일 뿐입니다. 너무 허무한 소리로 들릴지 모르겠습니다. 하지만 인간의 가면을 쓴 사람들이 마지막 순간에 나약하게 꺼져가는 모습을 보게 된다면 이런 이야기에 동의하게 될지도 모를 일입니다.

비울 수 없는 것 같은 마음을 비워야 합니다. 버리면 안 될 것만 같은 마음을 미안하지만 버려야만 합니다. 무덤덤해야 하고 대범해야 합니다. 기대를 하지 말아야 합니다. 어쩌면 인생은 기대하고 바랄 것이 없는 진부한 것임을 알아야하겠습니다.

후
회

파주 오금리라는 마을을 걸어서 지나가며 갑자기 옛날 친구들이 생각났습니다. 왜 그때 그런 생각이 났는지 모르겠습니다. 걸어가는 마을의 모습이 어릴 적 내가 살던 고향동네와 흡사 해서 그런 것이지, 아니면 곤고한 내 삶을 드려다 보며 왜 이렇게 외로운지를 고민하고 있어서인지, 아마 둘 다가 맞을 것입니다.

나에게도 정말 좋은 친구들이 있었습니다. 은덕이하고 성근이라는 친구입니다. 나에게 늘 고마운 존재였던 은덕이, 형처럼 내 어려운 처지를 감싸주던 성근이. 지금은 연락이 두절되어 어디에서 살고 있는지 알 수조차 없게 되었습니다.

친구와 이렇게 헤어져 나는 왜 외롭게 되었는지 곰곰이 생각해보게 됩니다. 친구와 헤어진 것이 다 나의 욕심 때문이었음을 고백합니다. 양같이 순하던 친구들이 나를 그리워하면서도 내 곁에 다가 올 수 없도록 내가 멀리하게 만들었기에 그들은 내 곁에 오고 싶으나 눈물을 머금고 멀리 멀리 떠나갈 수밖에 없었던 것입니다. 욕심이 결국 그들을 삼켜버리고 그것으로 끝난 것이 아니라 결국 나 자신을 삼켜 버리기까지 했습니다.

욕심이 무서운 것은 모든 것을 삼켜버린다는 것입니다. 욕심이 지나간 자리에는 아무것도 남지 않는 폐허가 되어 버립니다. 그래서 욕심이 무서운 것입니다. 욕심은 죄를 짓게 만들고 돌아올 수 없는 곳으로 안내합니다. 나이가 들어서도 과욕을 버리지 못하면 추하게 됩니다.

인생의 말년에 모아놓은 재산을 다 없애고 거리로 나

선 이를 압니다. 이자를 더 주겠다는 사기꾼의 꼬임에 빠져서 평생 모은 재산을 탕진한 것입니다. '이만하면 족하다.' 라는 감사할 줄 아는 마음을 가질 수 있어야 합니다. 과욕은 생명을 앗아가는 인재 중의 하나입니다.

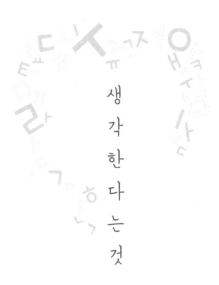

생각한다는 것

갇히지 마세요. 떠나십시오. 갇힌 울타리를 조금만 벗어나도 절망은 희망으로 바뀌고 새로운 대안들이 생겨나게 됩니다. 안에 갇혀서 우울한 일상을 살지 마십시오. 집을 나오기 만해도 길이 열리고 꿈이 보이고 결단이 생기게 됩니다. 희망해야 합니다. 그리고 사고하십시오. 보다 더 넓게 사고하고 보다 더 선하게 사고하고 보다 더 깊게 그리고 따뜻하게... 세상을 진리를 위해서 사고하십시오. 그리하면 동력을 얻게 되리니 새롭게 힘을 얻어 나아갈 수 있을 것입니다.

우리가 사는 세상은 정의롭고 깨끗한 것만은 아닙니다. 때론 악이라는 것을 만나 삶의 동력을 상실하고 표류하거나 방황을 하게 됩니다. 아무런 준비 없이 악에 대항하고자 같은 악으로 맞서면 나 역시 악의 친구가 되고 맙니다. 악과 대립각을 세우면 악은 자신의 영향력에 상대가 반응하는 것을 보고 너무 좋아하게 됩니다. 악이 악한 것을 보고 좋아하는 것이 당연하기 때문입니다. 밝고 공명한 것을 피해 어두운 곳으로 숨는 것이 악의 특징 입니다. 악을 이기기 위해서는 정면 돌파가 필요합니다. 피하거나 우물쭈물하는 것은 악을 돕는 것입니다.

악을 넘어서는 패러다임! 그것이 무엇일까? 악 앞에서 악에게 지지 않고 내 삶의 동력을 상실하지 않고 악을 이기며 내 삶의 패턴을 이어나가기 위해서는 사고를 잘해야 합니다. 생각을 잘해야 합니다. 악을 이기기 위해 행동하는 것이 아니라, 니의 행동이 세상에 희망을 주고 힘을 주고 용기를 주는 일을 하면 됩니다. 악을 의식할 필요가 없이 그렇게 행동하는 것입니다. 그리고 진리를 위해 사고하면 됩니다. 악을 위해 이런 행동이 필요한 것이 아니라, 지금의 행동이 진리이기 때문에 행동으로 나아가는 것이 필요합니다.

악을 만나면 악의 심장을 노리는 마세요, 악과는 떨어져서 세상을 향해 진리에 합당한 사고와 행동을 하다보면 악은 저절로 사라지게 됩니다. 이것이 악을 이기는 방법입니다. 선하십시오, 따뜻하게 행동하라는 말은 우리들에게는 어려운 실천 방법입니다. 적어도 나에게는 그렇습니다.

악을 상대하며 어떻게 따뜻해 질 수 있으며, 어떻게 선하게 행동할 수 있을까요. 정말 평범한 사람에게는 어려운 일입니다. 하지만 이것이 희망을 주는 것인가? 이것이 진실에 합당한 행동인가 하는 것이 판단의 기준이 된다면 보다 쉽고 용이합니다. 더욱이 감정의 쏠림이 없는 합리적인 판단을 하면 되었기에 행동의 준거로 활용해서 앞으로 한발자국 나아가기가 더 쉬울 수 있을 것입니다.

사연

사람마다 맞이하는 후회는 다 똑같을 수 없습니다. 그래서 제 각각의 서러움이 있습니다. 누구는 혼자 어두운 밤길을 걸으며 삶의 쓸쓸함을 느끼는가 하면, 누구는 체육관에 가서 뛰기도 하고 옷이 다 젖도록 운동을 하여 잊으려고, 후회하지 않으려고 합니다.

그래도 걷거나 운동을 하는 것은 다행스런 일입니다. 관계가 힘들고 삶이 힘들어 대립을 넘어서서 분열하는 경우도 많습니다. 그래서 누구의 눈에는 보이지 않는 환상이 보이고, 들리지 않는 소리가 들린다고 힘들어

하는 사람들이 생겨나게 됩니다.

　모습은 다르지만 모두가 힘겹게 세상을 넘어가고 있는 증거입니다. 살다보면 무언가 이렇게 미치지 않으면 안 되는 시절과 날들이 옵니다. 아직 경험하지 않았다면 우린 그 때를 맞지 못한 행복한 일상을 살고 있는 것입니다. 참 다행입니다.

　우리가 가진 사연들이야 백양백태일 것입니다. 빚에 시달리거나, 실직을 했거나, 무시를 당하거나 세상은 모든 것을 다 말로 해결을 할 수가 없고, 도저히 화해할 수 없을 것 같은 제 각각들의 고충이 있습니다. 그래도 힘들다는 것이 무엇인지 알고 있다면 그 사람들의 고충을 이해 할 수 있습니다. 받아들일 준비가 된 것입니다. 기다려 주고 이해하고 그들과 함께 가도록 마음을 여유롭게 그들을 맞이해야 합니다. 우리는 하나라고 이야기를 하지만 사실을 하나가 아닙니다. 색깔이 서로 다른 것들이 모여 하나가 되려고 애를 쓰는 것이 삶입니다.

　인생이 힘들기도 하지만 한편으론 아름답기도 하는

것은 이런 다양한 존재의 몸부림 때문이 입니다. 무슨 실질적인 큰 도움을 주지는 못한다 하더라도 들어주고 이해해 주고 대화해 주는 것만으로도 이들을 도울 수 있습니다. 지금도 제각각들의 존재가 다른 아픔으로 우리의 손길이 잠시라도 필요한지 모릅니다.

대
범
함

가끔은 잠이 나에게 쉽사리 오지 않을 때 새벽강가에 나가 걸으며 날이 밝아 오는 것을 맞이할 때가 있습니다. 왜 잠들지 못하는지 그 이유를 알 수 없을 때가 있습니다.

어쩌면 신이 주신 선물인 잠을 달게 자지 못 한다는 것은 불행한 일일지도 모릅니다. 신의 사랑을 받지 못한다고 생각할 수 있습니다. 하지만 대부분의 이유가 바라는 것들에 대한 기대를 이루지 못했다는 분노와 불평과 좌절 같은 부정적인 것들이 나의 몸과 정신을 지치게 해 잠들 수 없기 때문입니다.

어떻게 보면 이런 부정적인 것들이 다시 나아갈 수 없게 만들어 버립니다. 한 발자국도 나갈 수 없게 됩니다. 나의 삶의 바이탈리티가 제로이기 때문입니다. 이럴 때는 있는 그대로의 나를, 주어진 삶의 한가운데에 있는 나를 인정해야 합니다. 인정하는 것만 아니라, 이런 상황에서 흔들리고 있는 나 자신을 도와줘야 합니다. 자리이타라는 말을 아십니까. 나를 이롭게 한 연후에 남을 이롭게 할 수 있다는 말입니다. 내가 없으면 아무것도 없습니다.

그리고 삶에는 용기가 필요합니다. 대범해질 필요가 있습니다. 움츠려 든다고 해서 세상에 되는 일이 안 되는 것도 아닙니다. 세상에 별 사람도 없습니다. 모두 같이 삼시세끼 밥을 먹으며 비슷한 생각을 하며 주어진 날들을 살다가 가는 것입니다.

세월을 살다보니 이제는 웬만한 일은 일 같지도 않고 세상 겁나는 것이 없어 그것이 문제라고 생각이 들 때가 있습니다. 걱정하고 조심하고 두려워해야 하는데 그 렇게 해 보아야 힘만 빠지지 문제가 해결되는 것이 아 니라는 경험 탓인지 세상에 아무것도 무서운 것이 없는 것입니다.

대범해져야지, 사람들이 나를 어떻게 할 것이며, 어려 워져봤자 얼마나 더 어려워지겠는가. 죽는 일이 아니라 면 그렇게 난리를 칠 일이 아니라는 생각입니다. 사람의 생사가 사람 마음먹기에 달렸다는 말이 있습니다. 하나 틀린 말이 아닙니다. 위축되어서는 아무것도 이룰 것이 없습니다, 대범해야 합니다, 용기를 가져야 합니다.

오직 인내

참고 산다는 것은 화낼 힘도 이길 힘도 없다는 뜻이 되겠지요. 아마 힘이 다 빠져 나갔다는 이야기이기도 합니다. 살다보면 참는 것 이외에는 할 수 있는 다른 방도가 없게 되는 날이 오게 됩니다. 이 바쁜 세상에서 중년 이후의 삶은 참고 또 참는 일입니다.

세상에는 남을 헐뜯거나 괴롭힘으로 자신이 높이 서게 된다고 생각하는 절박한 사람들이 있습니다. 미친개들처럼 사람을 물려고 시도 때도 없이 이리저리 몰려다니며 으르렁거리는 가하면 갈 길을 잃고 방황하는 사람들이 이것저것 물어 오면서 삶을 피곤하게 만드는 부류도 있습니다. 이렇듯 귀찮은 존재들을 맞거나 피하며 참고 또 참아 내는 일이 다반사입니다. 그래서 인생은 고해(苦海)라고 하지요.

속이 다 썩어 터지는 줄도 모르고 사람들은 참는 나를 보고 삶이 성숙했다고도 하고 온유하다고도 하며 누구는 큰 복을 받을 것이라고도 합니다. 하지만 이런 속 터지는 일은 알고 보면 이빨이 다 빠지고 힘이 없는 호랑이어서 참는 수밖에 없어 그런 경우가 대부분입니다.

누구나 살다보면 어쩔 수 없이 속으로 참으면서 자신을 위로해야 합니다. 참아라, 참아야 한다, 참는 것만이 희망이라고 스스로 최면을 걸면서 살아야 하는 때에 이르고 맙니다. 그것이 나쁜 것만은 아니지만 보기 좋은 것만도 아닙니다. 분명한건 자연스런 삶의 변곡점 중의 하나를 지나고 있는 것이 틀림없습니다. 누구나 살다보면 참는 것만이 희망이 되는 그런 때를 맞이하게 됩니다.

차이

한 여자가 알고 있습니다. 남편이 다른 여자를 만나 얼굴에 희색이 만면하고 돌아다니는 것을 볼 수 없어 괴로워하던 한 여자를 알고 있습니다. 집 나간 남편이 죽도로 미워서 다시는 돌아올 수 없도록 현관문 열쇠 비밀번호를 바꾸어 버리고 마음에 문을 걸어 닫아도 성이 차지 않았습니다. 여자는 집 전화도 해지하여 버렸습니다. 그 여자는 그것만으로도 성이 차지 않았습니다. 급기야 이제는 다른 사람을 소개받고 그와 맞바람을 피우며 자신의 서글픔을 달래고 있습니다.

생각해보면 별스런 일도 아닙니다. 배터리의 용량이 떨어지면 소용이 없듯 두 사람 사이에도 모든 것이 떨어지는 그런 순간이 온 것입니다. 그것이 전부입니다. 내가 나를 속이고 내가 남을 속이고, 남이 나를 속이는 것이 바로 인생이라는 것이지요.

어차피 인생이 그런 것이라면, 나는 악에 대항에 내 몸을 더럽히는 것 보다 그냥 당하는 편이 나을 것 같다는 생각이 듭니다. 악의 유전을 막고 내가 모든 것을 감당하고 쓰러지는 것이 좋을 것 같다는 생각이 듭니다.

사람이 다른 것은 신의를 알고 배신을 하지 않는다는 것 아닐까요! 인간은 자신이 가야할 길이 있는 다른 차원의 존재들입니다. 차라리 남이 나를 어렵게 한다고 하여 내가 살아서 있는 동안 남을 배반하고 남을 어렵게 하는 것 보다, 내가 쓰러져 눕는 한이 있다고 하더라도 남을 배신하지 않는 것이 더 중요합니다. 어차피 흔들리는 배와 같은 세상, 남이 나를 흔든다고 하여 나도 남을 흔들 것이 아닙니다. 다 받아 넘기며 웃으며 여유 있게 그렇게 대응하는 것이 사람의 도리인지도 모르겠습니다.

어쩌면 인생은 모든 것을 거둘 일입니다. 아픔도 복수
도 ..... 나도 배신하지 않기를 기도합니다. 참고 자신의
길을 조용히 가고 있다가 보면 좋은 날이 올 것입니다.
그 날이 오기를 기다리며 그렇게 살아가야 합니다.

판
명

　어제는 기차가 공릉 천을 지날 무렵 갑자기 〈대한민
국의 주권은 국민에게 있고 모든 권력은 국민으로부터
나온다.〉는 대한민국 헌법 1조1항이 생각이 나면서 웃
음이 나와 참을 수가 없었습니다. 갑자기 내가 왜 그때
그런 생각을 했는지 모르겠습니다.

　우리에게 힘이라는 것이 있을까요. 진짜 이 나라의 국
민인가 하는 생각이 들기도 합니다. 또 주권이라는 것
이 얼마나 대단한 것인지 몰라도 무슨 주권이 있냐는
생각이 들기도 하였습니다. 그리고 권력과 명예에 우리

보다 가까이 있는 사람들의 행동을 보면 무슨 권력이 나에게로부터 나온다는 말인지 비실비실 웃음이 나와 참기가 힘들었던 기억이 납니다.

공릉 천 강변에 내릴 때 쯤 바람이 거세게 불었습니다. 삶의 에너지가 고갈되어서 그런지 민주주의 공화국이란 나라의 겨울은 정말 추웠습니다. 이만큼 살았으면 내가 누군지는 다 판명이 된 셈입니다. 생각이 그곳까지 미치자 이내 서러운 마음이 들었습니다.

우리는 세상과 겉돌고 있는지 모릅니다. 나 모르게 세상은 부지런히 은밀하게 돌아가고 있습니다. 하지만 세상이 어떤 원리와 기준으로 돌아가는지를 다 알 수가 없습니다. 그것이 우리를 우울하게 만들지도 모릅니다. 어쩌면 내가 사는 이곳이 이미 섬이 되었는지 모를 일입니다.

이런 삶이 계속되고 또 일상을 반복해야 하지만, 그렇다고 뾰족한 수도 없는 인생길이라고 지나온 삶의 과정들이 판명하지만 가끔이라도 찾아오는 행복과 웃음이 존재하는 한 느리더라도 천천히 걸어가야 합니다.

ㅂㅗㅌㅗㅇㅇㅢㄷㅏㄴㅇㅓ

칭
찬

나에게는 여동생이 한 명 있습니다. 마음이 순하고 여
려서 어떻게 보면 내가 생각해도 바보 같은 아이입니
다. 그런 아이가 출근길에 전화를 했습니다. 직장에서
누가 사과를 팔아 오빠를 주려고 주문을 했는데 받아
보니 상한 것이 많아 줄 수도 없고 어쩌면 좋겠느냐고
합니다. 이거 반품을 해야 하지 않겠느냐고 하면서 사
진을 찍어 보내왔습니다.

사진을 보니 사과는 흠이 많이 있었습니다. 사과 하나
에 흠이 3개 이상은 있었습니다. 상품으로 도저히 누구에게 선물을 하기는 적합하지 않은 물건이었습니다. 하지만 나중에 안 일이지만, 사과를 좀 더 구할 수 있었으면 하고 생각할 정도로 맛이 있었습니다.

나는 동생에게 먼저 무엇을 선물해 준 일이 있는지 생각해봅니다. 부끄럽게도 한 번도 없었습니다. 정말 그랬습니다. 매년 철마다, 동생이 오빠랍시고 시댁에서 가져오는 농사지은 물건들을 얻어먹을 줄 알았지 내가 동생을 생각해서 무엇을 해 준일이 없기 때문입니다. 나는 그런 동생을 생각하면 내가 잘못 배웠다는 생각을 하게 되었습니다. 많이 배우면 무슨 소용이 있습니까? 상대를 배려하고 베풀 줄을 모르는데 말입니다.

동생은 물건을 판 직장 동료에게 실망하고 있었습니다. 나는 여동생에게 보기와 다르게 맛있는 사과일거다 하면서 아니면 갈아서 주스로 먹으면 된다고 하면서 오빠를 생각하는 마음이 너무 고맙다며 "고맙다. 사랑한다." 는 이야기를 해 주었습니다. 동생은 나의 갑작스런 말에 당황하는 눈치였습니다. 〈아이다 오빠야, 내가 한 게 뭐 있다고. 우리끼리는 그런 말은 하는 게 아니다〉

면서 말끝을 흐렸습니다.

  전화는 끊었지만 동생도 나도 정말 그 날은 기분이 좋았습니다. 우리가 누군가에게 받고 누군가에게 베푸는 것에 대해 적절하게 고마움을 표시한 일은 정말 필요한 일입니다. 그게 우리가 열심히 살 이유이기도 합니다. 처음 하는 고백이 부끄러운 일일 수 있지만 세상을 더 아름다워 보이게 하는 이유이기도 합니다.

가
식

　길에서 요란한 웃음소리를 내며 내 앞을 지나치는 주
근깨가 많은 여자와 말이 어눌한 듯한　아이의 웃음이
유난히 눈에 들어오는 그런 날, 한 눈에 보아도 그것이
정말 즐거워 웃는 것이 아니라, 햇살이 아름다운 날에
자신의 처지를 햇살에 감추는 웃음이라는 생각이 가슴
속을 파고들었습니다.

　우리는 현상 뒤에 숨겨진 진실들을 보고 가슴이 아플
때가 많습니다. 한 가정에서 딸아이를 입양을 해서 잘
키웠습니다. 그 아이가 초등학교 5학년 때 한 아이가

"너 입양됐지"라고 했을 때 "그래, 나 입양아다. 하지만 나는 누구보다 행복하다"라고 했더니 그 아이가 "그래, 누가 뭐랬어?"라고 했다는 말을 듣는 순간 가슴의 큰 울림이 일어났습니다.

세상에 있는 약하고 부족한 것들을 위해 미처 사랑하지 못했음을 깨닫게 됩니다. 세상은 늘 합리적인 것을 추구하며 돌아가고 있는 것 같지만 사실 우리 내면에는 감정적인 것들로 가득 차 있습니다. 생의 아이러니는 도처에 자리 잡고 있습니다.

불합리하고 사리에 맞지 않고 인과관계에 부합하지 않는 것이 우리 인생입니다. 그래서 인간은 살아있는 한 이 불합리를 견디어 내어 보고자 각고의 노력을 하는 것입니다. 괴테의 말대로 우리는 방황하며 발전해 가는 그런 존재입니다.

나를 포함해 존재하는 모든 것들이 불쌍합니다. 비열하게라도 살아남아야 오욕의 역사라도 쓸 수 있지 않은가? 라며 이것도 안하고 죽어버리면 아무것도 아니지...

그러니 목숨은 살아 있는 한 갖가지 이유와 핑계를 둘러대며 자신의 바퀴를 굴려서 가야만 하는 것입니다. 눈살 찌푸려지는 일이 얼마나 많을까요? 큰 생명은 적은 생명을 너그러운 눈으로 바라보며 세월을 기다려 주어야만 합니다.

산다는 것은 염치가 없어 부끄러운 일입니다. 자신만의 앞가림을 위해 좀 뻔뻔하게 살아갈 수밖에 없습니다. 좀 더 살고, 좀 더 있고, 많이 배웠다는 사람들이 너그러운 눈동자로 그들을 지켜보아 준다면 세상은 그런대로 굴러갈 것입니다.